KB240354

어린이유머 뿌잉뿌잉

지혜의 샘 시리즈 ❸❹

어린이유머 뿌잉뿌잉

초판 1쇄 발행 | 2010년 08월 10일
초판 8쇄 발행 | 2023년 03월 31일

엮은이 | 유머동호회

발행인 | 김선희 · 대 표 | 김종대
펴낸곳 | 도서출판 매월당
책임편집 | 박옥훈 · 디자인 | 윤정선 · 마케터 | 양진철 · 김용준

등록번호 | 388-2006-000018호
등록일 | 2005년 4월 7일
주소 | 경기도 부천시 소사구 중동로 71번길 39, 109동 1601호
    (송내동, 뉴서울아파트)
전화 | 032-666-1130 · 팩스 | 032-215-1130

ISBN 978-89-91702-87-5 (03810)

1. 물처럼 퐁퐁

어린이 여러분! 이 세상의 주인은 바로 여러분입니다. 어린이가 건강한 나라, 어린이의 웃음이 끊이지 않는 나라가 바로 세계 최강국입니다. 대한민국이 세계 최강국이 될 수 있도록 우리나라 어린이들 모두가 함께 활짝 웃어봐요!

지혜의 샘 시리즈 ㉞

어린이유머
뿌잉뿌잉

유머동호회 엮음

HAPPY

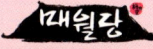

매월당
MAEWOLDANG

그동안 몇 권의 유머책을 내면서 어린이를 위한 유머 책은 왜 만들지 않느냐는 어린이들의 요청에 의해서 이 책을 펴냅니다.

어른들을 위한 유머책은 참으로 많은데, 그러한 책들은 어린이들이 마음 놓고 읽을 수 없는 내용들이 포함되어 있어요. 어린이들도 매일매일의 생활 속에서 짜증나는 일도 있고, 마음이 불편할 때도 있을 거예요.

열심히 공부했는데 결과가 좋지 않았을 때, 부모님이나 선생님으로부터 꾸중을 들었을 때, 친구와 다퉜을 때, 마음이 답답할 때는 한바탕 웃음으로 그동안 쌓인 스트레스를 한방에 날려보세요. 그러면 정신이 맑아지고 가슴이 뻥 뚫리면서 집중력도 높아져 공부에 도움이 될 뿐만 아니라, 성격까지 원만해져서 친구들에게도 인기 짱이 될 수 있어요.

2. 불처럼 활활

1

물처럼 퐁퐁

인심 좋은 아빠

한 사우나 라커룸에서 모두들 옷을 갈아입느라 정신이 없는데 휴대전화가 울렸다.

내 옆에 있던 한 아저씨가 자연스럽게 받았다.

휴대전화 성능이 워낙 좋아 옆에 있어도 상대방 목소리가 쩌렁쩌렁 울려 통화 내용을 다 들을 수 있었다.

전화기 : 아빠, 나 MP3 사도 돼?

아저씨 : 어 그래~!

전화기 : 아빠, 나 새로 나온 휴대전화 사도 돼?

아저씨 : 그럼~!

전화기 : 아빠, 아빠, 나 오토바이 사도 돼?

옆에서 듣기에도 오토바이까지는 무리라고 생각을 했는데,

아저씨 : 너 사고 싶은 거 다 사.

부탁을 다 들어주고 휴대전화를 끊은 아저씨는 주위를 두리번거리며 외쳤다.

"이 휴대전화 주인 누구죠?"

꿈이 야무지다

토마토 가족이 오랜만에 소풍을 갔다.

그런데 자꾸만 아기 토마토가 장난을 치면서 뒤처지는 것이었다. 그러자 화난 아버지가 말했다.

"아가야! 빨랑빨랑 가자. 넌 커서 뭐가 되려고 그렇게 까부니?"

아기 토마토가 대답하기를,

"케첩요."

시골의 어느 할머니

시골의 어느 할머니가 돈을 찾기 위해 농협에 들렀다. 숫자를 모르는 할머니에게 아가씨가 물었다.

"할머니! 비밀번호는요?"

할머니는 아가씨 귀에 대고 조용히 '비둘기'라고 말했다. 아가씨가 몇 번을 물어도 할머니는 계속해서 '비둘기'라고 말하는 것이 아닌가.

아가씨는 결국 화를 내며 빨리 비밀번호를 대라고 했다. 그러자 할머니는 마지못해 한 마디 하셨다.

"9999!"

콩글리시

- 신한국 창조 : 뉴 코리아 만지작만지작
- 바늘 도둑이 소 도둑된다 : 바늘 슬쩍맨 비컴 음매 슬쩍맨
- 돌고 도는 세상 : 트위스트 트위스트 월드
- 학교종이 땡땡땡 : 스쿨 벨 띠용띠용
- 서당개 삼 년이면 풍월을 읊는다 : 스쿨 도그 쓰리 이어 풍월 사운드
- 개천에서 용났다 : 도그 스카이에 드래곤 응애
- 3.1운동 : 쓰리 원 스포츠
- 암탉이 울면 집안이 망한다 : 우먼 치킨 꼬끼오 하우스 폭삭
- 아~ 얼마나 감사한지 모르겠네! : 아~ 하우머치 땡큐 아이 돈 노!

운동하는 만득이

만득이가 몸이 허약해서 힘을 기르기 위해 헬스장을 찾았다. 만득이는 비실비실한 몸에도 불구하고 헬스 기구로 열심히 운동을 하고 있었다.

그때 인상이 더러운 근육질 사내가 다가오는 게 아닌가. 만득이는 신경 안 쓰고 계속 운동하고 있는데 그 남자가 비웃으며 말을 건넸다.

"너도 운동하냐!!"

앗! 성깔 있다고 자부하는 만득이가 그 말을 듣고 도저히 참지 못하고 대꾸하였다.

"아뇨, 실내환데요."

노인의 아들

그날도 변함없이 예수님이 죽은 자를 심판하고 있었다. 그때 낯익은 한 노인이 심판을 받으러 온 것이다. 예수님은 혹시 이승에서의 자기 아버지가 아닌가 하는 생각에 노인에게 물었다.

"당신은 아들이 있습니까?"

예수님의 말에 노인은 흔쾌히 대답했다.

"예, 그렇습니다."

"그렇다면 당신 아들의 특징을 한 번 말씀해 보시겠어요?"

"제 아들은 손과 발에 못 자국이 있습니다."

노인의 말에 예수는 감격의 눈물을 흘리며 말했다.

"흑…! 아버지 저를 보세요. 제 손과 발에는 못 자국이 있습니다."

그러자 아들을 찾았다는 기쁨에 노인이 눈물을 흘리며 말했다.

"흑… 정녕 네가 피노키오란 말이냐?"

공포 전화

언제부턴가 영숙이네 집에 매일 밤 이상한 전화가 걸려왔다. 전화기에선,

"여기는 화장터, 내 몸이 불타오르고 있다……."

라는 말만 되풀이되다가 '뚜뚜' 하고 끊겼다. 그러던 어느 날, 그날도 어김없이 밤 12시에 전화벨이 울렸다.

'따르릉~ 따르릉~.'

전화벨 소리에 놀란 영숙이네 가족들은 서로 눈치만 보고 있었다. 그러자 시골에서 올라오신 할머니가 전화를 받으셨다.

"여기는 화장터, 내 몸이 불타오르고 있다……."

계속되는 이 말을 듣고 계시던 할머니가 차갑게 한마디를 내뱉었다.

"어이구~ 그놈의 주둥이는 언제 타는겨!!!"

바보 맞아?

우리 마을에 바보라고 불리는 소년이 있었다.

동네 아이들이 이 바보 소년을 놀려주기 위해서 손바닥에 50원짜리 동전과 100원짜리 동전을 놓고서 맘대로 집어가라고 하면 이 소년은 항상 50원짜리 동전만을 집어갔다.

어느 날 나는 소년의 머리를 쓰다듬어주면서,

"얘야! 50원짜리보다는 100원짜리가 더 크단다. 다음부터는 100원짜리를 잡으려무나."

하고 일러줬다. 이 말에 소년은 싱긋 웃으면서,

"아저씨 그건 저도 알아요. 하지만 제가 100원짜리를 집으면 싱거워서 다시는 그런 장난을 안 할 거예요. 그렇지요?"

"그렇겠지……."

"그럼 저는 돈을 못 벌잖아요."

공주병의 여섯 가지 증상

1. 세상의 모든 여자들한테 항상 미안하다. 내가 너무 예쁘니까!

2. 숲속에 들어가면 자고 싶어진다. 잠자는 숲속의 공주니까!

3. 경복궁에 가면 안방같이 편안하다. 내 집이니까!

4. 사과는 절대 먹지 않는다. 독이 들어 있을지 모르니까!

5. 키 작은 남자를 보면 나머지 6명은 어디 있느냐고 물어본다. 백설공주니까!

6. 아버지가 보고 싶을 땐 만 원짜리 지폐를 꺼내서 본다. 세종대왕의 딸이니까!

최고의 공주병 다섯 가지 스타일

1. 이순신 스타일
   나의 미모를 적에게 알리지 마라.

2. 안중근 스타일
   하루라도 예쁜 척하지 않으면 온몸에 닭살이 돋는다.

3. 맥아더 스타일
   미인은 죽지 않는다. 다만 사라질 뿐이다.

4. 나폴레옹 스타일
   내 사전에 추녀는 없다.

5. 갈릴레이 스타일
   그래도 나는 예쁘다.

달라진 속담

1. 못 올라갈 나무는 사다리 놓고 오르라.
2. 작은 고추는 맵지만, 수입 고추는 더 맵다.
3. 버스 지나가면 택시 타고 가라.
4. 젊어서 고생 늙어서 신경통이다.
5. 예술은 지루하고 인생은 아쉽다.
6. 육군은 산에서 죽고, 해군은 바다에서 죽고, 공군은 하늘에서 죽는다. 그럼 방위는? 쪽 팔려 죽는다.
7. 호랑이한테 물려가도 죽지만 않으면 산다.
8. 윗물이 맑으면 세수하기 좋다.
9. 고생 끝에 병이 든다.
10. 아는 길은 곧장 가라.
11. 서당개 삼 년이면 보신탕감이다.
12. 길고 짧은 것은 대봐도 모른다.

성적 올리는 방법

- 채소가게 자식은? 쑥쑥 올린다.

- 점쟁이 자식은? 점점 올린다.

- 한의사 자식은? 한방에 올린다.

- 성형외과의사 자식은? 몰라보게 올린다.

- 구두닦이 자식은? 반짝하고 올린다.

- 자동차 외판원 자식은? 차차 올린다.

- 부동산 중개인 자식은? 불붙기 전에 올린다.

- 백화점 사장 자식은? 파격적으로 올린다.

- 총알택시 기사 자식은? 따블로 올린다.

- 배추 농삿집 자식은? 포기(?)한다.

- 목욕탕집 자식은? 때를 기다린다.

게으름뱅이 입상자

- 3등 : 다음 주에 다시 수술한다고 환자의 수술한
  곳을 열어놓은 채로 놓아둔 외과의사.
- 2등 : 어차피 벗을 것을 예상하고 집에서부터 옷을
  벗고 동네 공중목욕탕에 가는 아저씨.
- 1등 : 강도한테 '손들지 않으면 쏜다!' 라는 소리를
  듣고도 귀찮아서 손을 들지 않아 총에 맞아
  죽은 은행원.

지렁이와 토끼의 경주

Q 토끼와 지렁이가 달리기를 했는데 토끼가 졌다. 왜 졌을까?
A 지렁이가 100m 지렁이여서.

Q 불공평하다고 생각한 토끼가 지렁이에게 서서 달리기 하라고 말했다. 그래도 토끼가 졌다. 이유는?
A 지렁이가 넘어져서.

비유법

초등학교 국어시간에 한 여선생님이 학생들에게 비
유법에 대해 설명하고 있었다.

선생님 : 예를 들면, '우리 담임선생님은 김태희처럼
예쁘다.'는 바로 비유법이에요.

그러자 한 학생이 손을 번쩍 들고 말했다.

학생 : 선생님! 제가 알기로는 그건 과장법인데
요……

아버지와 아들

    서울로 유학온 맹구는 하도 헤프게 용돈을 써서 금세 바닥이 났다. 하는 수 없이 시골에 계신 아버지한테 편지를 썼다.

    아버님!

    죄송합니다. 아무리 아껴 써도 물가가 많이 올라 생활비가 턱없이 모자랍니다. 죄송한 마음으로 글을 올리니 돈 좀 조금만 더 부쳐주십시오.

※ 추신 : 아버님! 돈을 부처달라는 게 정말 염치없는 짓인 것 같아 편지를 다시 회수하기 위해 우체통으로 열심히 달려갔습니다만, 제가 도착하기도 전에 이미 집배원이 편지를 걷어가버렸더라고요!

    며칠 후 맹구 아버지에게서 답장이 왔다.

    맹구야, 걱정마라. 네 편지 못 받았다.

당황과 황당의 차이

◆ 화장실에서 ◆

화장실에서 힘을 줬을 때 가스만 나오면 당황스럽지만 화장실을 나온 후 가스라고 생각하고 힘을 주었는데 건더기가 나오면 황당하다.

◆ 고속도로에서 ◆

티뷰론을 타고 고속도로에서 속도를 높이며 달리는데 스쿠프가 추월하면 당황스럽고 티코에게 추월당하면 황당하다.

◆ 음식점에서 ◆

돌솥비빔밥을 먹다가 돌이 나오면 당황스럽지만 칼국수를 먹는데 칼이 들어 있으면 황당하다.

놀부와 스님

놀부가 대청마루에 누워 낮잠을 자고 있었다.

그때 한 스님이 찾아와서 말했다.

"시주받으러 왔소이다. 시주 조금만 하시지요."

놀부는 코웃음을 치며 스님에게 빨리 눈앞에서 사라지라고 말했다. 그러자 스님은 갑자기 눈을 감고 불경을 외우기 시작했다.

"가나바라…… 가나바라…… 가나바라……."

놀부가 그것을 듣고는 잠시 눈을 감고 생각하더니 뭔가를 계속 말하기 시작했다.

"주나바라…… 주나바라…… 주나바라……."

출구 봉쇄

 대형 쇼핑센터에 심야 시간 도둑이 들었다는 연락을 받고 기동대가 비상 출동하여 황급히 출구를 전부 봉쇄했다. 그러나 도둑은 거미줄같이 삼엄한 경계망을 뚫고 유유히 사라져버렸다.

 타격대장 : 아니 어떻게 했기에 놓쳤어! 출구를 다 막으라고 했잖아!!

 대원 : 출구는 분명히 다 막았습니다. 근데 아, 글쎄 그놈이 입구로 도망가버렸지 뭡니까?

교관과 훈련병

논산훈련소 어느 가을.

교관이 훈련병들에게 말했다.

"너희들은 이제 더 이상 사회인이 아니다! 앞으로 사회에서 쓰던 말투는 여기서 모두 버린다, 알았나! 모든 질문에 대한 대답은 '다'와 '까'로 끝을 맺는다. '예, 그렇습니다.' '저 말씀이십니까?' 등과 같이 말이다. 모두 알아듣겠나?"

훈련병 A가 대답했다.

"알았다!"

교관이 말했다.

"이런 정신 나간 녀석, 여기가 사회인 줄 아나! 모든 질문의 끝은 항상 '다'와 '까'로 끝난다!!! 무슨 소린지 알아듣겠나?"

그러자 훈련병 A가 다시 대답했다.

"알았다니까!!!"

삼국 시대

국사 시간에 사오정이 꾸벅꾸벅 졸고 있었다.
국사 선생님이 사오정에게 질문을 했다.
"야, 사오정! 삼국은 어디, 어디, 어디야?"
옆에 있던 병팔이가 귓속말로 얘기했다.
"고구려, 백제, 신라."
벌떡 일어난 사오정이 자신 있게 대답했다.
"고구마(고구려), 백개(백제), 심자(신라)."
그러자 선생님의 불호령이 떨어졌다.
"아니 이런 얼간이가 있나?! 너 혼나야 알겠냐?"
사오정이 다시 대답했다.
"배째(백제)실라(신라)고그래(고구려)요?"
선생님이 고개를 갸우뚱거리며 중얼거렸다.
"이번엔 맞게 대답한 것 같은데……."

당황하다 보면

가정집에서 불이 났다.
놀란 아버지가 당황한 나머지,
"야야~!!! 119가 몇 번이여~!!!!"
하고 소리치자, 옆에 있던 외삼촌이 소리쳤다.
"매형! 이럴 때일수록 침착하세요! 114에 전화해서
물어봅시다!"

맹구의 고민

　　대학생이 된 맹구는 머리숱이 너무 없어 우울증에 빠져 있었다. 그래서 아르바이트로 열심히 돈을 벌어 머리카락을 심기로 결심했다.

　　무려 2년 동안이나 열심히 모은 돈을 다 털어 머리카락을 심었다. 이제 미남이 되었다는 자아도취에 빠진 맹구. 자연스럽게 움츠렸던 어깨도 펴고 싱글벙글하며 집으로 들어갔는데⋯⋯.

　　몰라보게 변한 아들을 보고서 어머니 하시는 말씀!

　　"애야, 너 영장 나왔어!"

착한 거북이

    메뚜기가 강을 건너려고 하는데 강물이 너무 깊어서 엄두를 못 내고 있었다.

    그때 착한 거북이가 나타났다.

    "얘! 걱정 마, 내가 태워줄게."

    "정말? 고마워!"

    메뚜기는 거북이 등에 타고 무사히 강을 건넜다.

    그때 개미 한 마리가 강을 건너지 못해 쩔쩔 매고 있는 것이 보였다.

    착한 거북이가 또 나서며 말했다.

    "얘! 걱정 마, 내가 태워줄게."

    그런데 거북이 옆에서 숨넘어갈 듯 쓰러져 있던 메뚜기가 말했다.

    "헉헉, 야 타지마! 쟤 잠수해!"

스님과 중학생

유명한 서울 어느 사우나.

스님이 묵은 때를 열심히 벗기다 등이 가려워 옆에 있던 중학생에게 등 좀 밀어달라고 부탁했다.

그러자 그 중학생이 말했다.

"대체 뉘신데 저한테 등을 밀라고 하십니까?"

"나, 중이야."

그러자 그 중학생이 갑자기 벌떡 일어나더니 큰 소리로 외쳤다.

"난 중삼이야!! 어디서 감히~!"

더 퍼주세요

유명 아이스크림 가게에 조폭처럼 무섭게 생긴 아저씨 고객이 나타났다. 팔등신의 미모를 자랑하는 영희가 정중하게 고객을 맞이했다.

"어서 오세요, 고객님! 어떤 종류로 하시겠어요?"

"(퉁명스럽게) 바닐라 주세요!"

"(아이스크림을 정성껏 용기에 담아 건네며) 네~ 여기 있습니다, 고객님~!"

"더 퍼주세요!"

순간 고객의 난폭함에 당황한 영희, 그래도 미소를 잃지 않고 조금 더 퍼서 얹어주며,

"여기 있습니다, 고객님~!"

"더 퍼달라니까요!"

이제 많이 당황한 영희가 좀 더 퍼 담으며,

"네~ 고객님. 아주 많이 퍼서 얹어드렸어요."

아저씨가 버럭 화를 내며 말했다.

"아니~ 뚜껑 덮어달라니까요!!"

사오정의 불면

깊은 밤, 아담한 단독주택에서 곤히 잠이 든 사오정이 옆집 개가 하도 심하게 짖어대는 바람에 그만 잠에서 깨고 말았다.

견디다 못한 오정은 잠옷 바람으로 밖으로 뛰쳐나갔다.

잠시 후 돌아온 오정은 아내에게 자랑스럽게 말했다.

"헉헉~ 옆집 개를 겨우 잡아다가 우리 집 마당에 매 놨어. 옆집 사람들 말이지, 자기들 옆집에서 개가 짖어 대면 얼마나 괴로운지 한 번 당해 봐야 돼!"

건설업자의 항변

악덕 건설업자가 염라대왕 앞에 섰다.

염라대왕 : 넌 지옥 1~5호 중에 한 곳을 간다. 여기가
　　　　　 지옥 1호다. 어떠냐?

어차피 각오한 지옥행, 의외로 깔끔하고 럭셔리한 것
이 아주 마음에 들었다.

악덕 건설업자 : 더 볼 것 없이 그냥 1호로 하겠습니다.

잠시 후 막상 지옥 1호에 입주하고 보니 그야말로 아
비규환 지옥이다.

악덕 건설업자 : 아니, 좀 전에 본 것과는 너무 다르
　　　　　　　 잖아요! 이건 사기입니다. 사기!
염라대왕 : 그건 모델하우스였다.

정신병원에서 생긴 일

정신병원에 환자 한 명이 새로 왔다.

증상은 알록달록한 우산을 쓰고 풀밭에 꼼짝 않고 앉아 있는 것이었다. 병원장이 그 마음을 열고자 알록달록한 우산을 쓰고 3일 동안 꼼짝 않고 앉아 있었다.

이렇게 3일이 지나자 환자가 드디어 고개를 돌리며 말했다.

"너도 버섯이니?"

넌 누구냐

미숙이는 학교 가기가 싫어서 엄마 목소리를 흉내 내며 선생님에게 전화를 걸었다.

"선생님이세요? 미숙이가 몸이 너무 아파서 오늘 학교를 못 갈 것 같습니다."

선생님이 되물었다.

"아 그러세요? 그런데 전화하시는 분은 학생과 어떻게 되세요?"

그러자 미숙이는 회심의 미소를 지으며 대답했다.

"예, 우리 엄마입니다."

조삼모사

뚱뚱한 아가씨가 피자집에서 피자를 주문했다.

주문을 다 받은 직원이 물었다.

"여섯 조각으로 잘라드릴까요, 여덟 조각으로 잘라드릴까요?"

그러자 아가씨 왈,

"여섯 조각이요~, 지금 다이어트 중이거든요."

It's delicious!

주차장에 차를 꺼내러 갔더니 내 차 뒤에 다른 차가 주차되어 있었다.

그 차가 빠져야 내 차를 꺼낼 수 있어서 연락처를 찾아보니 앞유리에 연락처가 적혀 있었는데 그걸 보는 순간 전화를 해야 할지 말아야 할지 고민이 되었다.

연락처 : ZERO1ZERO다시칠천오백90SEVEN국에 FOUR천삼백20칠 번으로 연락주시면 2시간 후 신속하게 빼드리겠습니다. 전화를 안 받을 시 올 때까지 기다려주시면 고맙겠습니다.

나폴레옹

　글짓기 시간에 선생님은 맹구에게 나폴레옹 위인전을 읽고 감상문을 써오라는 숙제를 내주었다. 맹구는 워낙 책읽기를 싫어했기 때문에 꾀를 냈다.

　아빠에게 나폴레옹에 관한 이야기를 해달라고 성가시게 졸라댔다. 그러자 아빠는 술이 덜 깬 상태에서 생각나는 대로 말해 주었다.

　"나폴레옹은 소주보다 값도 월등히 비싸고 독하지만 그래도 깨끗한 뒤끝이 일품이다. 일반 슈퍼마켓에서도 살 수 있지만 주류백화점에 가면 5% 할인된 가격에 살 수 있다."

　"~~~!!!"

골동품 장사

골동품을 파는 사람이 있었는데 그는 고양이 먹이를 종지에 담아주었다. 그 종지는 값나가는 골동품이었다.

고양이의 먹이가 담긴 종지가 좋은 골동품임을 알아본 지나가던 사람이 와서 말했다.

"저 고양이를 사고 싶습니다."

"팔지요."

골동품 장수가 고양이 값을 조금 비싸게 불렀지만 그 사람은 골동품을 갖고 싶어서 고양이를 사기로 했다.

"고양이 밥그릇도 주시지요."

그러자 골동품 장수가 말했다.

"저 종지 때문에 고양이를 팔고 있는데, 벌써 여섯 마리나 비싸게 팔았습니다."

뻔뻔한 이웃

이웃에 사는 남자가 매번 집으로 찾아와 무엇인가를 빌려갔다. 집주인은 이번에도 그 남자가 무엇을 빌리러 왔다는 것을 눈치 채고 아내에게 말했다.

"이번에는 아무것도 빌려가지 못하게 할 거야!"

드디어 이웃집 남자가 물었다.

"혹시 아침에 전기톱을 쓰실 일이 있나요?"

"어휴, 미안합니다. 사실은 오늘 하루 종일 써야 할 것 같은데요."

그러자 이웃집 남자가 웃으며 말했다.

"그럼 골프채는 안 쓰시겠네요. 좀 빌려도 될까요?"

판매원의 능력

성경책 판매원을 모집하는 광고에 한 남자가 응시하여 면접시험을 보았다.

"저저저는 서서서성경책 파파판매원이 대대되고 싶습니다."

당연히 면접관은 이 사람의 판매 능력을 믿을 수가 없었다. 하지만 전 직장에서의 판매 이력을 보고 그 사람을 뽑았다.

얼마 지나지 않아 주위 사람들의 놀라움 속에 신입사원의 판매율은 하늘을 찌를 듯이 올랐고 그 회사에서 성경책을 제일 많이 판 사람이 되었다.

얼마 후 회사에서는 그 신입사원에게 판매 방법을 강연할 수 있는 기회를 만들어주었다.

"이건 아아아주 가가가간단합니다. 우우선 초초초인종을 누누누르고 사사사사람이 나오면 이이렇게 마말합니다. 서서서성경책을 사사사시겠습니까? 아니면 제제제제가 드드드들어가서 이이읽어 드드드드드드릴까요?"

슈퍼맨의 비애

"슈퍼맨! 넌 왜 매일 팔짱을 끼고 있니?"
시비를 거는 배트맨을 보고 슈퍼맨이 말했다.
"바지에 주머니가 없어서 그런다. 왜! 아니꼽냐?"
그러자 배트맨이 깔깔대며 말했다.
"인마, 바지 위에 팬티를 입으니까 그렇지!"

거짓말

어린 아들이 거짓말을 해서 엄마는 큰 충격에 빠졌다.

고민 끝에 아들을 불러 거짓말을 하면 어떻게 되는지 설명해 주었다.

"거짓말을 하면 새빨간 눈에 뿔이 달린 사람이 밤에 와서 잡아간단다. 그리고는 불이 활활 타는 골짜기에 가둬 힘든 일을 시키지. 그래도 거짓말을 할 거야?"

그러자 아들이 대답했다.

"에이, 엄마는 나보다 거짓말을 더 잘하네 뭐."

수박 겉핥기

어떤 학생이 우체국에서 시간제 일자리를 구했다.

상사가 그에게 맡긴 첫 번째 업무는 우편물을 분류하는 일이었는데, 학생이 우편물을 분류하는 속도가 하도 빨라서 손이 보이지 않을 정도였다.

업무가 끝나자 학생의 솜씨에 아주 만족한 상사가 다가왔다.

"말해줄 게 있는데 말이야, 오늘 자네 일솜씨가 아주 맘에 들었어. 자네는 지금까지 근무한 직원들 중 최고로 빨랐다네."

"감사합니다. 내일은 더 잘하겠습니다."

상사가 의아해 하며 물었다.

"더 잘해? 오늘보다 더 잘할 수 있다니 대체 어떻게 하겠다는 말이지?"

그러자 학생이 자신 있게 대답했다.

"내일은 주소를 읽으면서 하겠습니다."

입이 무거운 사람들

어느 날 입이 무거운 사나이 세 명이 유람선을 타고 가다가 폭풍을 만나 무인도에 표류하게 되었다.

한 사나이가 말했다.

"참 조용한 섬이군요."

그리고 1년이 지나 다른 한 사나이가 입을 열었다.

"당신 말처럼 이 섬은 참 조용하군요."

그리고 또 1년이 지나 마지막 한 사나이가 말했다.

"당신들! 정말 그렇게 떠들면 나 혼자 이 섬에서 떠나겠어!"

선생님 : 삼돌이 아버지는 무슨 일을 하고 계시지?

삼돌이 : 식량확대주식회사 사장입니다.

선생님 : 그럼 장소와 생산 품목은?

삼돌이 : 광화문 옆에서 뻥튀기를 만들어요!

선생님 : 그럼 갑돌이 아버지는?

갑돌이 : 네, 저의 아버지 직업은 대변인입니다.

선생님 : 소속된 당과 이름은?

갑돌이 : 국회의원 회관에서 화장실 청소……

선생님 : 또, 을돌이 아버지는?

을돌이 : 네, 저의 아버지께서는 수산업과 제과업을 하십니다.

선생님 : 아니, 두 개의 회사나 차릴 정도로 돈이 많단 말이니? 그럼 장소와 생산 품목은?

을돌이 : 남대문시장에서 붕어빵을 만드십니다.

과속 운전자

과속으로 운전하던 사람이 경찰관의 제지를 받았다.

"선생님, 면허증을 제시해 주십시오."

"내가 시장의 친구요."

라며 속도위반자는 사정했다.

"잘됐군요."

경찰관은 딱지를 떼면서 말했다.

"이제 시장님께서 내가 업무에 충실하다는 사실을 아시게 됐네요."

조문객

한 나그네가 하룻밤 묵기 위해 싸구려 여관에 들어 갔다. 그런데 방에 들어가 보니 바퀴벌레 한 마리가 있는 것이다.

"아이쿠, 바퀴벌레가 있네."

그러자 주인이 바퀴벌레를 살펴보았다.

"괜찮습니다. 죽은 모양이네요. 허허~!"

넉살좋게 웃으며 나가는 주인장. 나그네는 내심 불쾌했지만 달리 뾰족한 수도 없어서 그냥 참고 하룻밤 묵었다. 다음날, 주인이 와서 물었다.

"안녕히 주무셨습니까? 바퀴벌레는 확실히 죽은 놈이었지요?"

그러자 나그네 왈,

"네~ 그놈은 확실히 죽었더군요. 그래서 조문객이 많이 왔다갔습니다."

깨달음

어느 날 농부가 호박을 보면서 생각했다.

'신은 왜 이런 연약한 줄기에 호박을 달아줬을까? 그리고 왜 두꺼운 상수리나무에는 보잘것없는 도토리를 주셨을까?'

며칠 뒤 농부가 상수리나무 아래에서 낮잠을 자는데 무언가 이마에 떨어져 잠이 깼다.

도토리였다. 순간 농부는 큰 깨달음을 얻었다.

'휴~ 호박이면 어쩔 뻔했을까?'

Pumpkin

밑도 빠졌네

바보 사나이가 항아리를 사려고 옹기점에 갔다. 항아리를 모두 엎어놓고 파는 것도 모르고 투덜거렸다.

"무슨 항아리들이 모두 주둥이가 없어? 어느 바보가 이렇게 만들었지?!"

항아리들 중에 하나를 번쩍 들어 뒤집어보고는 말하기를,

"어라? 밑도 빠졌네!"

구두 한 짝

위층 사람이 언제나 늦게 귀가해서 구두를 집어던지는 버릇 때문에 아래층 남자는 잠을 잘 수가 없어 하루는 위층에 올라가서 불평을 했다.

"당신이 구두를 벗어 바닥에 놓을 때 조용히 내려놓으면 좋겠군요."

위층 남자는 미안하다고 사과하고 다음부터는 조심하겠다고 약속했다.

그러나 그날 밤 위층 남자는 약속을 잊고 습관대로 구두를 벗어 바닥에 집어던졌다. 한 짝을 던지고 나서야 아래층 남자의 항의가 생각나서 나머지 한 짝은 조심스럽게 벗었다.

다음날 새벽 아래층 남자가 뛰어 올라왔다.

"아니, 구두 한 짝은 신은 채 잤습니까? 한 짝을 언제 벗을지 몰라 밤새 잠을 못 잤어요!"

Humor

궁금해

- 어떤 씨름 선수는 힘이 강해지라고 쇠고기만 먹는다는데 왜 나는 생선을 그렇게 많이 먹어도 수영을 못 할까?

- 하루밖에 못 산다는 하루살이들은 도대체 밤이 되면 잠을 잘까? 죽을까?

- 머리가 파뿌리 될 때까지 사랑하겠느냐는 주례 선생님! 도대체 대머리인 나에게 뭘 어쩌라고 저렇게 쳐다보는 걸까?

역시 사오정

사오정이 자신의 차를 한 쪽은 빨간색으로, 다른 한 쪽은 노란색으로 도색했다.

궁금한 사오정의 친구가 물었다.

"야, 왜 양쪽 색깔이 다르냐?"

그러자 사오정이 의기양양하게 말했다.

"그래야 사고가 났을 때 목격자들이 서로 딴소리를 할 거 아냐!"

사오정의 피장파장

사오정이 완구점에 장난감 비행기를 사러 갔다.

비행기를 다 고르고 나서 사오정이 장난감 돈으로 계산하려 했다.

완구점 주인 : 하하하! 오정아~, 이 돈은 가짜이기 때
　　　　　　문에 비행기를 살 수가 없단다.

사오정 : (어이없다는 표정으로) 어차피 이 비행기도 진
　　　　　짜는 아니잖아요.

엄마가 좋아하는 아이의 급수

공부 잘하는 아이 : A급

엄마 성격 닮은 아이 : A+급

외가 쪽 좋은 점만 닮은 아이 : A++급

성격 좋은 아이 : B급

건강한 아이 : C급

아빠 성격 닮은 아이 : D급

본가 쪽 나쁜 점만 닮은 아이 : D특급

세 아들

한 시골에서 자란 세 아들이 서울에 올라와서 성공을 했다. 아들들은 시골에 혼자 계신 어머니를 위해 선물을 보내드리기로 했다.

큰아들 : 난 어머니를 위해 큰 집을 지어드렸어.

둘째아들 : 난 기사가 딸린 멋진 자가용을 보내드렸어.

막내아들 : 어머니는 성경 읽기를 좋아하시는데 이제 눈이 침침해지셨잖아. 그래서 나는 성경을 통째로 다 외운 앵무새를 보내드렸어. 어머니가 몇 장 몇 절만 얘기하시면 앵무새가 읊어드릴 거라고.

몇 주일 뒤에 어머니에게서 답신이 왔다.

큰아들에게

"네가 지어준 집은 너무 크구나. 난 방 하나만 사용하는데 나머지 11개의 방을 다 청소하느라 허리가 휠 지경이란다."

둘째아들에게

"난 늙어서 차는 못 타고 집에만 있단다. 그런데 그 기사는 어제 차에서 굶어 죽은 것 같더라."

막내아들에게

"보내준 닭은 맛있게 잘 먹었다."

똑똑한 주인

A : 개를 잃어버렸어.

B : 신문에 광고를 내지 그래?

A : 필요 없어. 내 개는 글을 못 읽거든.

부하의 부탁

한 장교가 물에 빠져 죽을 지경에 이르자, 부하가 물 속에 뛰어들어 장교를 구해 주었다.

장교는 너무 고마워서 부하에게 말했다.

"무엇을 원하는가? 뭐든 들어주지. 휴가면 휴가, 진급이면 진급, 돈이면 돈 말만 하게나. 자네는 내 생명의 은인이라네!"

부하는 잠시 머뭇거리더니 말했다.

"제가 장교님을 살려주었다는 것을 절대로 동료들에겐 비밀로 해주십시오. 만약 동료들이 이 사실을 알면 전 몰매를 맞아 죽을 것입니다."

내 탓이 아니에요

성적표를 받았다 하면 0점으로 도배를 하는 맹구.

오늘도 거의 올 0점인 성적표를 본 아버지가 작심하고 맹구를 야단치고 있었다.

"또 빵점이잖아! 그래 이제 무슨 핑계를 댈 작정이냐?"

고개를 숙이고 아무런 대답을 못 하는 맹구를 보면서 더욱 울화통이 치민 아버지.

"이 녀석, 잘못했으니 당연히 할 말이 없겠지? 당장 회초리 가져왓!"

그러자 고개를 갸우뚱거리며 맹구가 대답했다.

"아까부터 생각을 하고 있었는데요, 아직까지 결론을 못 얻었어요. 유전인지, 아니면 가정환경 때문인지."

똑똑한 아들

아버지와 아들이 교회에 갔다.

한창 기도 중에 아버지가 '오! 하나님 아버지'라고 하자 아들도 따라 눈을 감으며 '오! 하나님 할아버지'라고 하는 것이었다.

아버지가 아들에게 속삭였다.

"너도 '하나님 아버지'라고 하는 거야."

아들이 고개를 갸우뚱하며 물었다.

"아빠한테도 아버지고 나한테도 아버지야?"

"그렇지! 우리 아들 똑똑하구나! 이제 알겠지?"

그러자 아들이 마지못해 하는 말,

"그래… 형!"

민감한 택시기사

　택시를 탄 승객이 운전을 하고 있는 택시기사의 어깨를 두드렸다. 운전기사가 소스라치게 놀라서 택시는 중심을 잃고 사고 직전까지 갔다가 멈추어 섰다.

　기사는 가슴을 쓸어내리며 승객에게 말했다.

　"다시는 그러지 마세요. 너무 놀랐습니다."

　승객이 물었다.

　"뭐 좀 물어보려고 어깨에 손을 살짝 댔을 뿐인데 제가 그렇게나 잘못했나요?"

　그러자 운전사 왈,

　"사실은 오늘이 택시운전 처음인데 이제까지 30년 동안 장의차만 몰았거든요."

어른의 거짓말

한 소년이 만 원짜리 한 장을 흔들면서 따라와 물었다.

소년 : 아저씨! 혹시 이 만 원짜리 돈 떨어뜨리지 않으
    셨어요?

아저씨 : (호주머니를 뒤적거리더니) 아, 떨어뜨린 것 같
    구나. 네가 주웠니?

소년 : 아니오.

아저씨 : 그럼?

소년 : 어른 중에 거짓말쟁이가 얼마나 많은가 조사
    하는 중이에요!

숨겨진 사연

맹구가 교회에 늦게 도착하자 목사님이 무슨 일이 있느냐고 물었다.

"아빠를 따라서 낚시가려고 했는데 아빠가 저보고 교회에 가라고 했어요."

목사님은 대단히 감동하여 다시 물었다.

"그래, 정말 훌륭한 아버지시구나. 아빠가 왜 교회에 가야 하는지에 대해서도 말씀해 주셨니?"

"예, 낚시 미끼가 두 사람 분이 안 된다고 하셨어요."

노아 홍수

예배 후 폐회기도 때 기도를 길게 하기로 이름난 장로님에게 기도를 부탁했다.

장로님은 창세기부터 요한계시록까지 거창하게 줄줄줄……. 1시간을 끝내고 눈을 떠보니 목사님만 남고 교인은 한 사람도 없었다.

"목사님 어찌된 일입니까?"

"아 예! 노아 홍수로 다 떠내려갔습니다."

진짜 죽는 것

한 탐험가가 아마존 정글을 여행하다가 갑자기 원주민들에게 포위당했다. 탐험가는 멈춰 서서 혼잣말을 했다.

"난 이제 죽었구나."

그러자 갑자기 하늘에서 한 줄기 빛이 보이더니 한 목소리가 들렸다.

"아니다, 넌 아직 죽지 않았다. 네 발밑에 있는 돌을 하나 집어서 네 앞에 있는 추장의 머리를 맞추어라!"

탐험가는 하늘이 자신을 돕는구나 싶어서 시키는 대로 돌을 집어서 원주민 추장의 이마에 던져 정통으로 맞추자 추장은 그대로 쓰러져서 죽었다.

그러자 나머지 수십 명의 원주민들이 놀라고 화난 표정으로 탐험가를 노려보았다.

그때, 하늘에서 다시 목소리가 들렸다.

"넌 이제 진짜 주우우욱었다~!"

2

불처럼 활활

산수와 기하의 차이

선생님 : 숫자 8을 반으로 나누면 얼마가 되지?

학생 : 가로로 말인가요? 세로로 말인가요?

선생님 : 그게 무슨 말이니?

학생 : 세로로 나누면 3이 되고 가로로 나누면 0이 되지요.

신의 음성

　한 사람이 기도 중에 신의 음성을 들었다.

　(그 사람의 직업은 정치가일 수도 있고, 목사일 수도 있고, 또는 다른 무엇일 수도 있다.)

　"비 오는 날 우산을 쓰지 말고 속옷 바람으로 대로로 나가라. 그러면 나의 계시를 들을 수 있느니라."

　그는 며칠 후 비가 오는 날 시키는 대로 하고는 신에게 따졌다.

　"신이여, 어찌하여 계시를 들려주지 않으셨습니까? 바보가 된 느낌만 들었습니다."

　그때 다시 신의 음성이 들려왔다.

　"네가 바보라고 생각했다면, 제대로 나의 계시를 들은 것이니라."

개그콘서트의 집중토론

- 영원히 풀리지 않는 숙제
  엄마가 좋은가, 아빠가 좋은가?
- 신의 영역에 도전하는 숨겨진 진실
  키높이 깔창, 허용해야 하는가?
- 셜록 홈즈도 속아버린 완벽한 트릭
  '오빠 믿지?' 과연 믿어야 하는가?
- 불특정 다수를 노린 테러
  음식점 배달 '방금 출발했어요' 과연 믿어야 하는가?
- 당신이 간과한 혈육
  식당 이모, 과연 가족으로 인정해야 하는가?
- 솔로몬도 두 손을 든 미스터리
  영화관 의자의 팔걸이, 과연 어느 쪽이 내 것인가?
- 인류가 낳은 재앙
  노래방 우선예약, 권리인가 범죄인가?
- 금녀의 벽을 넘는 유일한 존재
  청소 아줌마의 남자화장실 출입, 특권인가 업무인가?

- 제13차 교육과정의 일등공신
  '까다로운 변 선생' 선생으로 인정해야 하는가?
- 신용을 잃어버린 이 시대의 자화상
  '야 언제 밥 한 번 먹자.' 과연 언제 먹을 것인가?
- 인류의 풀리지 않는 미스터리 로맨스
  114 안내원의 안내 멘트 '사랑합니다, 고객님!' 진정 날 사랑하는 것인가?

오륜에 대하여(인터넷 버전)

인(仁) : 아무리 내 글의 조회 수가 저조하다 할지라도 꾸준히 글을 올리니 이것을 '인'이라 한다.

의(義) : 정성들여 올린 글을 그 앞글과 뒷글까지 읽어주니 이것을 '의'라 한다.

예(禮) : 재미있는 글을 읽었을 땐 그 글을 쓴 사람에게 간단하게 댓글이라도 달아 감사의 뜻을 전하니 이것을 '예'라 한다.

지(智) : 웃기는 글을 쓰기란 하늘의 별을 따는 것처럼 어렵다는 것을 알고 작은 미소에도 댓글로써 답하는 아량을 깨달으니 이것을 '지'라 한다.

신(信) : 비록 자신의 글을 읽어주는 이가 적을지라도 그들을 위해 더욱더 열심히 글을 쓰니 이것을 '신'이라 한다.

어린이 유머 뿌잉뿌잉

콜 수상의 여유

독일 통일을 이룬 헬무트 콜 총리.

그가 정원을 청소하다가 수류탄 세 개를 주웠다.

아내와 함께 그 수류탄을 경찰서에 가져가는데 아내가 걱정스럽게 말했다.

"여보! 가는 도중에 수류탄 하나가 터지면 어떻게 하지요?"

그러자 콜 총리가 잠시 생각하더니 말했다.

"걱정하지 마, 그럼 경찰에게 두 개를 주웠다고 말하면 되잖아."

고대국가 이름

어느 중학교 국사 시간.

아이들이 지루해 하자 선생님은 잠깐 잡담을 했다.

"우리나라에서는 고대 국가의 이름을 종종 상업적으로 이용하는데 어떤 사례가 있을까요?"

아이들이 선뜻 대답하지 못하자 선생님이 사례를 들었다.

"예를 들면…… 신라제과, 고려당, 가야농장, 고려제과…… 음~ 그리고 또 뭐가 있을까?"

그때 사오정이 번쩍 손을 들어서 대답했다.

"선생님! 신라면요!"

성악가가 쓰러진 이유

한 성악가가 있었다. 그 성악가는 너무나 악보대로 잘 부르는 사람으로 정평이 나 있었다. 그래서 웬만한 음악회에는 빠지질 않았다.

오늘도 대통령이 참석하는 국민 음악회에 출연을 교섭받아 나가게 되었다. 작곡가도 이 성악가에게 줄 노래를 최선을 다하여 만들어주었다. 이 성악가는 워낙 잘 부르는 사람이기 때문에 연습이 필요 없었다.

드디어 이 성악가의 순서가 되자 성악가는 악보를 받아 들고 무대로 나갔다. 우레와 같은 박수 소리가 울려 퍼졌다.

성악가의 노래가 시작되자 사방이 조용해졌다. 성악가가 노래를 부르기 시작한 지 얼마쯤 되었을까…… 성악가는 그 자리에 쓰러지고 말았다.

이유는 악보에 숨표가 없었기 때문이다.

러키세븐

아파트 7층에 사는 단순이가 낮잠을 자고 일어나 보니 꿈에서 본 7이라는 숫자가 너무 선명하게 머릿속에 박혀 있었다. 그러고 보니 오늘은 7월 7일이었고 시계를 보니 7시 7분 7초였다.

단순이는 오늘 뭔가 되는 날이라고 생각하고 전 재산을 정리해 집 밖으로 나왔다. 나오자마자 도착한 버스는 77번 버스. 무작정 올라탔더니 그 버스의 종점은 과천 경마장이었다. 경마장에 들어간 단순이는 7번 말에 7억 원을 걸었다.

그런데 헉! 이럴 수가…….

그 말은… 흑흑흑… 7번째로 들어오고 말았다.

건강진단

어느 병원에서 한 사나이가 건강진단을 하는데 의사가 소변을 받아오란다. 그는 재빨리 집에 가서 큰 병에 가득 소변을 담아왔다.

의사 : 무슨 검사하는데 이렇게 많이 가지고 오셨습니까?

남자 : 흠, 이왕 가져왔으니 그대로 해봅시다.

검진 결과 아무 이상이 없어 사나이는 재빨리 가족에게 전화를 걸었다.

남자 : 여보, 우리 가족 모두 건강하단다. 마음 푹 놓으라고!

노인과 보청기

노인 두 명이 의자에 앉아서 이야기를 하고 있었다.
한 노인이 먼저 입을 열었다.
"이봐, 나 보청기 새로 샀어. 엄청 비싼 거야."
다른 노인이 부러워하며 물었다.
"그래 얼마인데?"
노인은 손목시계를 보더니 대답했다.
"12시."

천생 연분

　할머니와 할아버지가 퀴즈 프로그램에 출연했다.
　천생연분이라는 단어를 빨리 설명하고 맞히는 게임
이었다. 할아버지가 문제를 설명했다.
　"우리같이 사이가 좋은 걸 뭐라고 하지?"

　할머니 : 웬수
　할아버지 : 아니 두 자 말고… 네 자로 된 단어….

　그러자 할머니 왈….
　"평생 웬수."

놀부의 잔머리

1

놀부가 지옥에 가니 염라대왕이 기다리고 있다가 물었다.

"왼쪽 방, 오른쪽 방 어디로 갈 텐가? 왼쪽 방은 똥물탕, 오른쪽 방은 우유탕."

놀부는 당연히 오른쪽 방을 선택했다.

그러자 염라대왕이 소리쳤다.

"각자 탕 안에 머리 박아!"

놀부는 혼자서 좋아 죽는다.

"지옥도 민주주의라 올만 하구나, 흐흐흐!"

한 시간 후 염라대왕이 전부 모이게 했다.

"각방 죄인들 서로 마주본다. 그리고 상대 얼굴을 서로 핥아먹는다. 실시!"

2

놀부 다음 코스로 이동한다.

다음 코스도 왼쪽 똥물탕, 오른쪽 우유탕.

놀부 똥물탕으로 간다.

놀부 한 번 속지 두 번 속냐…….

염라대왕이 이번에는 똥물통에 머리 빼고 몸을 담그라고 한다.

놀부는 슬며시 미소를 짓는다.

'온몸 훑으려면 시간 꽤나 걸리겠군. ㅋㅋㅋ!'

염라대왕이 저쪽에서 크게 외친다.

"……10분 휴식 끝! ……10년간 잠수……."

영구의 중고차

영구가 자신의 오래된 차를 팔려고 했다. 하지만 영구의 차는 25만㎞나 달린 헌차라서 아무도 사려고 하지를 않았다. 영구가 하루는 친구에게 고민을 얘기하자 친구가 말했다.

친구 : 한 가지 방법이 있긴 한데, 이건 불법이야.
영구 : 괜찮아! 차만 팔 수 있으면 돼!
친구 : 좋아, 그럼 이 사람에게 연락해 봐. 내 친구인데 자동차 정비소를 하거든. 내가 소개했다고 하면 숫자를 5만으로 고쳐줄 거야. 그럼 팔기 쉬워질 거야.

몇 주 뒤에 친구가 영구에게 전화를 했다.
친구 : 차 팔았니?
영구 : 왜 차를 팔아? 이제 5만㎞밖에 안 탔는데?

어느 건망증 환자의 일기

아침에 일어나 양치하려고 화장실에 갔다.
내 칫솔을 도대체 찾을 수가 없었다.
색깔도 기억이 안 난다.

점심에 자장면 한 그릇을 다 먹었다.
내 자장면 그릇에 한 입만 베어 먹은 단무지가 7개나
있었다.

지금 내가 쓰고 있는 이 이야기를 누구에게 들었는지
아무리 생각해 봐도 도저히 모르겠다.

- ■ 3개 국어를 동시에?
  핸들 이빠이 꺾어

- ■ 쓰레기통에 뚜껑을 덮어 놓은 이유는?
  먼지 들어갈까 봐

- ■ 아몬드가 죽으면?
  다이아몬드

- ■ 애 낳다가 죽은 여자?
  다이애나

- ■ '당신은 시골에 삽니다.'를 세 자로 줄이면?
  유인촌

- ■ 꽃이 제일 좋아하는 벌?
  재벌

■ 콜라와 마요네즈를 섞으면?
버려야 한다

■ 곤충의 몸을 3등분하면?
죽 는 다

■ 뉴코아 백화점이 무너지지 않는 이유?
리본으로 묶어 놓아서

■ 가짜 휘발유를 만들 때 가장 많이 들어가는 재료는?
진짜 휘발유

■ 무엇이든지 혼자 다 해먹는 사람은?
자취생

■ 소금이 죽으면?
죽염

옛날과 요즘

옛날 엄마 : 너 다리 밑에서 주워왔어!

요즘 엄마 : 너 인터넷에서 다운받았어!

옛날 시어머니 : 전어 철이 되면 집 나간 며느리도 돌아온다.

요즘 시어머니 : 집 나간 며느리 돌아올까 봐 대문 걸어 잠그고 먹는다.

현상수배범

유치원에서 경찰서로 견학을 갔는데 아이들이 벽에 붙어 있는 현상 수배범들의 사진을 보고 한 아이가 선생님에게 물었다.

"선생님, 경찰 아저씨들이 저 사람들을 찾고 있나요?"

"그렇단다."

그러자, 한 아이가 잠시 생각하더니 물었다.

"그럼, 저 사진을 찍을 때 왜 안 잡았대요?"

번호표

한 남자가 은행 창구에 속도위반 벌금을 내러 왔다.

직원 : 번호표를 뽑아오세요.
남자 : 정말 번호표를 뽑아야 해요?
직원 : 그럼요, 뽑아오셔야 돼요!

아저씨는 큰 소리로 투덜대며,
"아이~! 왜 번호판을 뽑아오라고 하는 거야!"
하고는 사라졌다.
한참 후……!
이 남자, 자기 차의 번호판을 내밀면서 말했다.
"여기 번호판 가져왔어요!!!"

손오공의 분신

어느 날 손오공이 100명을 상대로 싸움을 하게 되었다. 자기 혼자는 도저히 안 될 것 같아 머리카락을 99개 뽑아서 자신의 분신을 만들었다.

열심히 싸우고 있던 중, 진짜 손오공이 둘러보니 분신 하나가 힘이 없이 비실비실하게 싸우고 있는 것이다. 화가 난 손오공이 그 비실비실한 분신에게 가서 물었다.

"야, 너 왜 이리 힘이 없어?"

이에 분신이 대답하기를,

"전 새치인데요."

국수와 국시의 차이점

국수는 밀가루로 만들었고, 국시는 밀가리로 맹글었습니다.

■ 밀가루와 밀가리의 차이점을 아십니까?
   밀가루는 봉지에 넣어 팔고, 밀가리는 봉다리에 넣어 팝니다.

■ 봉지와 봉다리의 차이점을 아십니까?
   봉지는 가게에서 팔고, 봉다리는 점빵에서 팝니다.

■ 가게와 점빵의 차이점를 아십니까?
   가게에는 아주머니가 있고, 점빵에는 아지매가 있습니다.

■ 아주머니와 아지매의 차이점을 아십니까?
아주머니는 아기를 업고 있고, 아지매는 얼라를
업고 있습니다.

■ 아기와 얼라의 차이점을 아십니까?
아기는 누워 자고, 얼라는 디비잡니다.

가장 높은 집

어느 날 학교에서 아이들끼리 누구네 집이 가장 높은 지를 자랑했다.

"우리 집은 18층이다."

"우리 집은 30층이다."

산동네에 살고 있던 영구가 가만히 듣고 있다가 한 마디 했다.

"너희들, 약수터에 물 뜨러 내려가야 하는 집 봤어?!"

앓느니 죽지

어떤 사람이 맹장 수술을 받으러 병원에 갔다.

그런데 그 담당의사는 건망증이 매우 심한 사람이어서 수술을 하다 그만 메스를 환자의 뱃속에 넣고 봉합해 버렸다.

나중에 실수를 깨달은 의사가 다시 뱃속을 열었는데, 이번에는 가위를 넣고 봉합을 했다. 할 수 없이 또 뱃속을 열고 있는데 수술 예정 시간이 지나 환자가 마취에서 깨어났다.

수술 과정을 모두 알게 된 그 환자는 어이가 없어 이렇게 말했다.

"차라리 지퍼를 다쇼, 지퍼를!"

호랑이가 자살한 이유

옛날에 호랑이 새끼 한 마리가 살았다.

그 호랑이는 자기가 정말 호랑이인지 궁금하여 엄마 호랑이에게 물어보았다.

"나 호랑이 맞아요?"

"그래! 넌 진짜 호랑이란다!"

그래도 미심쩍은 새끼 호랑이는 할머니 호랑이에게 다시 물었다.

"할머니! 나 진짜 호랑이 맞아요?!"

"그럼! 넌 정말 멋있는 호랑이야!!"

새끼 호랑이는 자신이 정말 호랑이라는 것을 알고 의기양양하게 숲길을 어슬렁어슬렁 걸어 내려가고 있었다.

그때, 숲길 저 위에서 '선녀와 나무꾼'에 나오는 나무꾼이 옷을 가지고 급히 뛰어오고 있었다. 호랑이는 그래도 길 한복판을 어슬렁거리며 가고 있었다.

호랑이 근처까지 다다른 나무꾼이 하는 말,

"비켜, 개새끼야!!!"

밥통

수학 시간에 썰렁이에게 선생님이 문제를 냈다.

선생님 : 1+1은 얼마지?
썰렁이 : 잘 모르겠는데요.
선생님 : 넌 정말 밥통이구나. 이렇게 간단한 계산도
　　　　 못 하다니……. 예를 들면, 너와 나를 합치
　　　　 면 얼마나 되느냐 말이야?
썰렁이 : 그거야 쉽지요.
선생님 : 그래 얼마니?
썰렁이 : 밥통 두 개요.

예비 아빠들이 아기가 태어나기를 기다리고 있었다.

간호사 : 쌍문동에서 오신 손님 쌍둥이입니다.
아빠 1 : 나는 삼양동에서 왔으니 세 쌍둥이란 말인가?
아빠 2 : 나는 구의동에서 왔는데 아홉 쌍둥이란 말
　　　　이오?

바로 옆에 있던 한 아빠가 기절을 했다.

아빠 1, 2 : 여보시오! 정신 차리시오!
아빠 3 : 나는 천호동에서 왔는데 정신 차리게 됐소?

그런데 복도에 있던 한 남자가 죽었다. 알고 보니 그
의 집은 만리동이었다.

   남편이 아내에게 수수께끼를 냈다.
   "당신이 기차의 기관사야, 기차가 처음 역을 출발할 때 손님이 39명 있었거든. 그런데 다음 역에서는 내린 사람이 없고 4명이 탔어. 그럼 기관사 이름이 뭐야?"
   "순 엉터리야! 내가 그걸 어떻게 알아요?"
   숫자를 더하고 빼는데 온통 신경을 쏟던 아내가 버럭 신경질을 낼 수밖에……
   "바보! 맨 처음 당신이 기관사라고 했잖아!"

울면 보여줄게

한 여자가 늦둥이를 낳았다.
친척들이 모여 아이를 보자고 하자 여자가 말했다.
"아직 안 돼요!"
잠시 후에 또 친척들이 아이를 보자고 했다. 그때도
여자가 고개를 저었다.
친척들이 궁금해져서 여자에게 물었다.
"언제쯤 아이를 볼 수 있어요?"
그 여자가 말했다.
"아이가 울면 보여줄게요."
"왜 아이가 울 때만 볼 수 있죠?"
그러자 여자가 자신도 답답한 듯 가슴을 치며,
"어디에 뒀는지 기억이 안 나잖아요."

아이가 어느 날 엄마께 물었다.

"엄마~ 아빠 왜 머리카락이 조금밖에 없어요?"

그러자 엄마 왈,

"응~ 그건 아빠가 생각을 많이 하셔서 그런 거란다."

순간적으로 대머리 남편에 대한 센스 있는 답변을 했다고 생각한 엄마는 속으로 쾌재를 부르고 있었다.

그때 다시 아이가 다시 묻길,

"그럼 엄만 왜 그렇게 머리숱이 많아요?"

아들의 편지

추운 겨울에 아들을 군대에 보낸 엄마가 아들이 너무 보고 싶은 마음에 일주일에 한 번씩 편지를 보냈다.

시간은 흘러 어느 여름날,
엄마는 여느 때와 마찬가지로 아들에게 편지를 썼다.

보고 싶은 내 아들!
네가 얼마나 그리운지 아직도 네 침대에는 너의 온기가 그대로 남아 있는 듯 따끈따끈하구나.

그로부터 얼마 후, 기다리던 아들의 편지가 왔다.

보고 싶은 어머님께!
제 방 침대 시트 밑에 있는 전기장판 깜빡 잊고 그냥 입대했네요.

꼭… 코드를 빼주세요.

108
어린이유머 뿌잉뿌잉

1. 오랜 봉사활동 끝에 빛을 본 사람은?
   – 심봉사

2. 콧구멍이 두 개인 이유는?
   – 하나면 콧구멍 후빌 때 숨 막혀 죽을까 봐

3. 바닷물이 짠 이유는?
   – 물고기가 땀나게 뛰어놀아서

4. 닭이 길 가다 넘어진 것을 두 글자로 줄이면?
   – 닭짱

5. 형과 동생이 싸우는데 가족들은 모두 동생편만 든
   다. 이 문제를 간단히 말하면?
   – 형편없는 세상

6. 쥐가 네 마리 모였다. 이 말을 두 글자로 줄이면?
   – 쥐포

7. 억세게 재수 없으면서도 그런 대로 운이 좋은 사나
   이는?
   – 앰뷸런스에 치인 사나이

8. 서울 시민 모두가 동시에 고함을 지르면 무슨 말이
   될까?
   – 천만의 말씀

9. '개가 사람을 가르친다.'를 네 글자로 줄이면?
   – 개인지도

10. 토끼가 제일 잘하는 것은?
    – 토끼기(도망치기)

11. 신혼이란?
    – 한 사람은 신나고 한 사람은 혼나는 것

12. '원더우먼'을 평안도식 사투리로 말하면?
    – 방방 뜨는 에미나이

13. '현모양처'란?
    – 현저하게 히프 모양이 양쪽으로 처진 아가씨

수술의 이유

어느 병원에 환자 세 명이 한 병실을 쓰고 있었다.

하루는 환자 한 명이 수술을 마치고 병실로 들어오며 말했다.

"여러분! 수술은 성공적으로 마친 것 같습니다."

그러자 시무룩하게 있던 한 환자가 말했다.

"그렇게 좋아할 것 없습니다. 저는 수술용 칼을 넣고 꿰매서 배를 째고 다시 꿰맸습니다."

수술을 방금 마치고 돌아온 환자가 깜짝 놀라자 다른 한 환자가 그들을 비웃듯이 한 마디 했다.

"저는 장갑을 넣고 꿰매서 다시 수술했습니다."

그때 병실 문이 스르~륵 열렸다.

의사가 머리를 빼~꼼 내밀며 모기만한 소리로 하는 말……!

"혹시! 제 모자 보신 분 없습니까?"

수위 아저씨의 최후

어머니와 아들 셋이서 함께 살고 있었다. 각각 1, 2, 3학년인 아들들이 오늘따라 도시락을 빠뜨리고 학교에 갔다. 어머니는 도시락을 싸서 학교로 달려가서 큰 소리로 큰아들을 불렀다.

"종철아!"

깜빡 졸고 있던 수위 아저씨가 깜짝 놀라서 종을 쳤다. 어머니는 종철이가 아무 대답이 없자 둘째아들 이름을 불렀다.

"또철아!"

수위 아저씬 또 종을 쳤다, 또철이도 대답하지 않자, 어머니는 막내아들을 부르기 시작했다.

"막철아!"

그러자 수위 아저씨는 막 종을 쳤다. 그 다음날 그 수위 아저씨는 학교에서 다시 볼 수가 없었다.

유머로 보는 혈액형

■ 모르는 사람의 번호가 부재중일 때

A형 : 친구들한테 물어본다.

B형 : '야, 너 누구야?' 라며 전화 건다.

O형 : 문자 날린다.

AB형 : 왠지 기분 나쁘다. 그래도 전화는 건다.

■ 고백 받았을 때

A형 : 응? 뭐라고? 못 들은 척!

B형 : 네가 날 좋아해?

O형 : 아… 진짜?

AB형 : 내가 어디가 좋아?

■ 싫어하는 애가 친한 척할 때

A형 : '어, 그래.' 라며 조금 차가워진다.

B형 : 저리로 가서 놀아라 좀.

O형 : (일단 놀아주는 척한 다음에) 아이~ 쟤 뭐야?

AB형 : 튄다.

■ 성적이 무척 못 나왔을 때

A형 : 울진 않지만 짜증낸다.

B형 : 찢는다.

O형 : (아무 말 없이 좌절하다가 다시 원상태로 돌아와)
　　　헐~ 됐어~ 괜찮아.

AB형 : 엄마한테 변명할 말을 만든다.

칠칠이와 팔팔이

칠칠이가 산에 놀러갔다가 보물을 발견했다.

칠칠이는 생각 끝에 땅 속에다 보물을 묻기로 했다.

아무도 찾을 수 없다고 생각하며 내려오는데 자신이 이곳을 못 찾을 것 같았다.

표시를 해야겠다고 생각한 칠칠이는 글을 써 놓았다.

'여기 칠칠이가 보물을 묻어 놓지 않았음!'

그 다음날 팔팔이가 산에 올라가 놀다가 칠칠이가 써 놓은 글을 발견하고 그 보물을 훔쳐갔다. 그리고 칠칠이와 같이 생각 끝에 글을 써 놓았다.

'팔팔이가 보물 안 가져갔음!'

겨울비를 느끼며!

썰렁이는 겨울비가 내리는 거리를 우산도 없이 코트 깃을 세운 채 무게 있게 걷고 있었다.

이 모습이 너무 멋지게 보였던 어떤 여자가 썰렁이에게 물었다.

"겨울비를 무척 좋아하시는 낭만적인 분이신 것 같아요. 우산도 쓰지 않은 채 걷고 계시니 말이에요."

이 말에 썰렁이는 여자를 노려보며 대답했다.

"우산이 없어서 그런다, 왜?"

개미의 복수

개미 한 마리가 길을 가고 있는데 코끼리가 그 개미를 밟아 죽였다.

사태가 이렇게 되자 죽은 개미 친구 3마리가 코끼리에게 복수를 하기로 하고 코끼리를 찾아 구석으로 몰아 넣고는 첫 번째 개미가 목에 달라붙었다. 두 번째 개미는 등 위에 올라탔다. 마지막 세 번째 개미는 꼬리에 매달렸다.

첫 번째 개미가,

"이 새끼 목 졸라 죽여버리자!"

그러자 두 번째 개미가,

"아니다, 콱 밟아 죽여버리자!"

라고 말하니깐 세 번째 개미가 하는 말……

"일단 끌고 가자!"

착한 곰 이야기

어느 날 한 소년이 깊은 산속을 걷고 있었다. 소년은 워낙 깊은 산속을 걷는지라 호랑이나 곰이 나올까봐 두려웠다. 아니나 다를까 소년이 걱정한 대로 곰이 나타났다. 소년은 전에 어떤 사람이 곰이 나타났을 때 죽은 척해서 살았다는 말이 생각났다.

소년은 곧바로 죽은 척했다. 하지만 그 곰은 착한 곰이었다. 그 곰은 길에서 죽은 사람을 보고는 그냥 지나칠 수 없었다.

그래서 그 사람을 양지바른 곳에 묻어줬다.

대머리 아저씨 이발소 간 날

머리카락이 3개밖에 없는 아저씨가 이발소에 갔다.
자신의 머리를 정성스럽게 쓰다듬으면서 이렇게 말
했다.

아저씨 : 머리 좀 따주쇼!
이발사 아저씨 : (어처구니없는 표정으로) 뭐요???

그러나 이발사 아저씨는 정성스럽게 머리를 땋아 내
렸다. 그런데 아차차!! 그만 머리카락 하나가 빠진 것
이었다. 대머리 아저씨는 무척 화를 내며 말했다.

아저씨 : 가르마나 타주쇼!
이발사 아저씨 : 컥…!

이번만큼은 절대로 실수해서는 안 되겠다 싶어서 이
발사 아저씨는 조심조심 가르마를 타 나갔다.

그런데 아이쿠, 이게 웬일인가! 또 머리카락 하나가 빠져버린 것이었다. 대머리 아저씨는 무척 화를 내며,

아저씨 : 무스를 발라서 세워라도 주쇼!
이발사 아저씨 : 아이쿠…!

이발사 아저씨가 그만 너무 마음을 졸였는지 무스를 발라 세우는 도중에 또다시 마지막 남은 머리카락마저 빠지고 말았던 것이었다.

이발사 아저씨는 이제는 죽었구나 싶어서 숨을 죽이고 가만히 있는데 대머리 아저씨 왈,

"(모든 걸 포기한 듯이) 그냥 광이나 내주쇼!"

프랑스인, 미국인, 일본인, 한국인, 그리고 기타 여러 인종이 비행기에 타고 있었다. 그런데 갑자기 비행기에서 연기가 올라오며 추락을 하는 것이었다. 사람들은 모두 절망하며 울부짖었다.

순간! 부조종사가 객실로 오더니,

"3명만 비행기 밖으로 나가면 나머지는 살 수 있습니다!"

라고 말하는 것이었다. 사람들은 순간 모두 망설일 수밖에 없었다. 다 같이 죽을 것인가, 아니면 3명만 죽을 것인가……

별안간 프랑스인이 벌떡 일어서더니,

"죽음도 예술이다!"

라며 비행기 밖으로 뛰어내렸다.

'짝! 짝! 짝!'

프랑스인이 뛰어내리자 곧이어 미국인이 일어나더니,

"세계 최강 미국 만세!"

라며 비행기 밖으로 뛰어내렸다.

'우~ 우~ 우~!'

모두 망설이고 있는 순간! 자랑스러운 한국인이 벌떡 일어나더니 '대한독립 만세!'를 외치며, 옆에 있던 일본인을 잽싸게 비행기 밖으로 집어던졌다.

토끼의 집념

    토끼가 약국에 찾아가서 물었다.

    "당근 있어요?"

    약사가 없다고 하자 그냥 돌아온 토끼는 그 다음날 또 가서 물었다.

    "당근 있어요?"

    "없대두~~!"

    다음날 토끼가 그 약국을 또 찾아가 물었다.

    "당근 있어요?"

    "없어! 한 번만 더 귀찮게 물어보면 가위로 귀를 칵~ 잘라버린다~!"

    다음날 또 토끼가 그 약국을 찾아갔다.

    "아저씨 가위 있어요?"

    "아니."

    그러자 또 물었다.

    "당근 있어요?"

귀여운 아기

어느 날 엄마는 외출하고 아빠가 다섯 살짜리 아기를 돌보고 있었다.

아빠가 거실에서 신문 읽기에 열중하고 있는데, 아기가 컵에다 물을 받아 아빠에게 마시라고 주었다.

아빠가 칭찬을 해주며 그 물을 마셨다.

엄마가 돌아오자 아빠는 아기가 물을 떠다주었다며 엄마에게 자랑을 했고, 이야기를 다 들은 엄마는 피식 웃고 나서 말했다.

"여보, 아기가 손이 닿아 물을 받을 수 있는 장소는 오직 변기라는 사실을 알죠?"

순수한 아이

　지선이라는 아이가 비둘기에게 빵을 주고 있었다.

　빵을 던져주는 대로 쪼르르 쫓아다니며 빵을 먹는 비둘기들이 너무 귀여웠다.

　그때 갑자기 지나가던 어떤 아저씨가 마구 화를 내면서 말하길,

　"학생! 저 먼 아프리카 소말리아에는 많은 아이들이 굶주리고 있어! 근데 학생은 저런 새들에게 빵을 주는 거야! 그러면 안 되지~ 안 돼!"

　그러자 지선이는 태연스레 비둘기에게 맛난 빵을 뿌려주면서 말했다.

　"전 그렇게 멀리까지 빵을 던질 줄 몰라요!"

공주병

　여러 남자에게 둘러싸여 등산을 갔다가 숲속에서 길을 잃고 혼자 헤매던 공주병 말기 환자가 배고픔과 피로에 지쳐 쓰러졌다.

　그때 갑자기 주위가 어두워지더니 폭풍우가 몰아치기 시작했다. 머리 바로 위에서 번개가 번쩍번쩍 내리치자, 쓰러져 있던 공주병 환자가 벌떡 일어나 옷매무새를 고치며 하는 말!

　"어머, 누구야? 지금 날 사진 찍은 사람이⋯⋯?"

불경기

　고양이가 쥐를 쫓고 있었다.

　처절한 레이스를 벌이다가 고양이가 그만 쥐를 놓쳐
버렸다. 아슬아슬하게 쥐가 쥐구멍으로 들어가버린 것
이었다.

　고양이가 쪼그려 앉아서 갑자기,

　"멍멍~! 멍멍멍!!"

하고 짖어댔다. 그러자 숨어 있던 쥐가,

　"뭐야, 벌써 가버렸나?"

라고 말하며 머리를 구멍 밖으로 내밀었는데, 그 순간
고양이 발톱에 걸려들고 말았다.

　의기양양하게 쥐를 물고 가며 고양이가 하는 말,

　"요즘음 같은 불경기에 먹고 살려면 적어도 2개 국어
는 해야지!"

이등병의 비애

어느 날 동네 목욕탕에 갔다.

옷을 벗고 있는데 군인 둘이 들어왔다.

하나는 이등병이고 하나는 병장이었다.

병장은 덩치가 엄청 크고 이등병은 체격이 왜소했다.

둘은 샤워를 한 후 병장이 말했다.

"야! 등 좀 밀어라! 끝나면 나도 밀어줄게."

이등병은 힘에 겨워하면서도 병장의 등을 정성스럽게 밀었다. 다 끝나자 병장이 이등병에게 돌아서라고 한 후 때수건을 등에 대고 말했다.

"좌우로 움직여!!"

시어머니

어떤 아줌마가 시어머니를 태우고 어딘가를 가는 길이었다. 대부분 남자 운전자들이 여자 운전자들에게 먼저 길을 양보하는 편인데, 그날도 역시 많은 남자 운전자들이 아줌마에게 양보해 주었고 그때마다 아줌마는 고마워서 손을 한 번씩 들어주었다.

그걸 본 시어머니는 속으로 무슨 생각을 하시고는 집으로 가셔서 아들에게 하는 말,

"며느리 함부로 밖에 내보내지 말그라. 만나는 남자마다 손들어주면서 아는 척하더라."

어묵과 김밥

어묵은 김밥을 매우 싫어했다. 겉과 속이 다른 놈이라는 이유만으로.

그런데 어느 날 주인이 잠시 나간 틈을 타서 어묵은 포크를 집어 김밥을 마구 찔러댔다.

이어서 들리는 고통스런 비명소리!

"그만, 그만, 제발 그만!"

한참을 찌르다 지친 어묵이 쉬면서,

"겉과 속이 다른 네가 정말 나는 싫어!"

그러자 김밥이 하는 말,

"지는 순댄데유!"

새우깡과 빼빼로

어느 날 새우깡이 길을 가고 있었다. 그런데 새까만 빼빼로를 만났다. 새우깡은 빼빼로를 보고 막 웃으며 검둥이라고 놀려댔다. 그러자 화가 난 빼빼로는 새우깡을 마구 때려주었다.

화가 난 새우깡은 1년 동안 운동을 했다. 그리고 빼빼로를 찾아 나섰다. 며칠 후 드디어 아몬드 빼빼로를 만났다.

새우깡은 빼빼로에게,

"빼빼로! 너 잘 만났다."

그러자 빼빼로는,

"저는 아몬드 빼빼로인데요."

"너 여드름 났다고 누가 모를 줄 알아?"

라면

    하루는 어린 동생에게 신라면(辛라면)을 적어주며 사오라고 시켰는데 슈퍼에 가서 라면 이름을 잊은 동생이 머뭇거리다가 갑자기 생각이 났는지 당당하게 아줌마에게 말했습니다.

    "아줌마 푸라면 주세요!!"

벨

할머니가 버스를 탔다.

한참을 졸다가 그만 버스가 급정거하는 바람에 잠에서 깼다. 정신없이 둘러보니 버스가 내려야 할 정류장을 지나치고 있었다.

놀란 할머니가 운전사에게 소리쳤다.

"야 이놈아! 나 내려야 해. 문 열어."

그러자 운전수가,

"아! 할머니, 내리시려면 벨을 눌러야죠."

이 말을 들은 할머니께서 하시는 말씀.

"야 이놈아, 뉘 집 자식이여! 저 많은 벨을 내가 언제 다 눌러!"

3

바람처럼 씽씽

화상

어떤 사내가 양쪽 귀에 심한 화상을 입고 응급실로
달려왔다.

끔찍한 그 광경을 본 의사가 물었다.

"아니 어떻게 했기에 이런 화상을 입으신 겁니까?"

"으, 제가 다림질을 하고 있었는데 갑자기 전화가 오
잖아요. 그래서 무의식적으로 전화를 받는다는 게 그만
다리미를……."

"이런, 그럼 다른 쪽 귀는 어떻게 된 건가요?"

환자가 무덤덤하게 대답했다.

"그 녀석이 또 전화를 걸잖아요!"

가보

    어떤 남자가 'TV 진품명품'에 출연했다.

    그는 자신의 집안에서 대대로 내려오는 문서를 들고 나와 가보라며 으쓱거리면서 자랑했다.

    당당한 모습으로 심사위원들의 감정 결과를 기다리던 남자는 결과가 나오자 그만 기절하고 말았다.

    감정 결과는……,

노비문서였다!

알파벳 공부

기분 잡칠 때 ……………… A

먹구름 뒤에 …………… B

수박 속에 든 것 …………… C

항상 깨끗하게 해야 하는 것 …………… D

피 빨아먹는 징그러운 것 …………… E

코가 간지러우면 …………… H

임신 후 낳는 것 …………… I

드라큘라의 밥 …………… P

미키 마우스의 조상 …………… G

기발한 생각이 날 때 …………… O

시작을 알리는 싸인 …………… Q

닭이 낳는 것 …………… R

영국 사람이 즐겨 마시는 것 …………… T

나의 반대는 …………… U

없어도 골치, 있으면 더 골치 …………… N

수산업

어느 날, 담임선생님이 만득이가 제출한 가정환경 조사서를 살펴보고 고개를 갸우뚱거렸다.

선생님 : 만득아, 아버님이 선장이시니?
만득이 : 아뇨.
선생님 : 그럼 어부시니?
만득이 : 아뇨.
선생님 : 그런데 왜 아버지 직업을 수산업이라고 썼니?

그러자 만득이가 말했다.
"우리 아버지는 학교 앞 포장마차에서 붕어빵을 구우시거든요."

우리 나라 명문대

■ 청와대

재학 중엔 사회에서 인정을 받지만 이곳을 졸업하면 대부분 좋은 소리 못 듣고 산다. 하지만 누가 뭐래도 한국 최고의 명문대다.

청와대 졸업생의 말을 들어보자.

"맞습니다, 맞고요."

■ 해운대

여름 계절 학기에만 수업을 하는 특이한 곳.

각계각층이 모이며 분위기는 항상 화기애애하다. 단 지방이라는 약점이 존재하지만 여름만 되면 언제나 북새통을 이룬다. 놀기 좋아하는 학생이라면 가볼 만한 명문대.

■ 전봇대

볼품없다. 가봤자 개똥밖에 없다.
가끔 작업 중인 똥개도 볼 수 있다.
그렇다고 똥개만 가는 곳은 아니다.

■ 낙성대

지하철 2호선에 있어서 다른 대학들에 덩달아 유명세
를 얻음.

■ 싱크대

여대로 개교를 했으나 요즘엔 남자도 싱크대에 갈 수
있다.

말실수 모음

1. 슈퍼에 같이 간 친구가 라면 코너에서 한참을 뒤지
   더니 아줌마한테 하는 말,
   "아줌마! 여기 너구리 순진한 맛 없어요?"

2. 옆방에서 급하게 아들~~ 하시던 우리 엄마,
   "정훈아~ 우리 김정훈이 어디에 있니~~?"
   집나갈 뻔함.(본명 : 박정훈)

3. 내가 집에 전화해 놓고 엄마가 전화 받는데 이렇
   게 말했다.
   "엄마 지금 어디야?"

4. 패스트푸드 점원이 아침에 교회에서 열심히 기도
   하다가 아르바이트하러 갔는데 손님한테 하는 말,
   "주님, 무엇을 도와드릴까요?"

5. 친구들 앞에서 동요를 부르는 초등학생.
   "동구~밭~ 과수원길, 아프리카 꽃이 활짝 폈네."
   아프리카 꽃은 어느 나라 꽃인고?

6. 여직원이 커피를 타다가 전화를 받았는데,
   "네, 설탕입니다~."

욕쟁이 할머니

욕쟁이 할머니가 있었다.
물 갖다 달라고 하면,
"니가 알아서 갖다 먹어."
반찬 더 달라고 하면,
"니가 갖다 처먹어 이놈아!"

그런데 어느 날 돈이 없었다……. 그래서 외상으로
먹자고 했다.
그러자 할머니 왈,
"왜 그러십니까, 손님!"

팬티 입은 개구리

어느 연못에서 물뱀이 헤엄치고 있었다.

연못 여기저기서 개구리들이 놀고 있는데, 모두 벗고 있었다. 물뱀이 연못 맞은편에 도달하니 한 놈만 팬티를 입고 바위 위에 있었다.

물뱀이 물었다.

"넌 뭔데 팬티를 입고 있어?"

팬티 입은 개구리는 수줍은 듯 말했다.

"저요? 때밀이인데요……."

우리 다시 만납시다

바닷고기들이 모두 부러워할 정도로 아주 열렬히 사랑하던 멸치 부부가 있었다. 그런데 어느 날, 멸치 부부가 바다에서 헤엄치며 다정하게 놀다가 그만 어부가 쳐 놓은 그물에 걸려들었다.

그물 안에서 남편 멸치가 슬프게 하는 말,

"여보! 우리 시래깃국에서 다시 만납시다."

컴맹의 해킹

컴맹 조카가 삼촌에게 채팅 한 번만 하게 해달라고 졸랐다. 그러나 삼촌은 냉정하게 거절했다.

"컴맹 주제에 무슨……."

그러나 조카는 기죽지 않았다. 언젠가는 삼촌의 비밀번호를 알아내 반드시 접속하고 말리라 다짐했다.(일명 해킹!)

어느 날 삼촌이 비밀번호를 치는 모습을 조카가 발견하여, 그 비밀번호를 메모지에 적었다.

당장 친구에게 달려가서,

"비밀번호 알았으니까 빨리 접속하자."

라며 들떠서 비밀번호가 적혀 있는 메모지를 조심스럽게 펼쳤는데, 그 안에는 정말 비밀스러운 것이 적혀 있었다.

"*********"

친절한 스튜어디스

팔순이 넘으신 할아버지가 비행기를 탔다.

기상 악화로 비행 중에 기체가 심하게 흔들리자 어여쁜 스튜어디스가 할아버지의 손을 꼭 잡아드렸다.

비행기가 공항에 안전하게 착륙하자 스튜어디스는 할아버지를 부축하며 비행기 출구 쪽으로 모시고 나가서 인사를 했다.

"할아버지 몸 건강히 안녕히 가세요."

그러자 할아버지가 말씀하시길,

"아가씨, 비행기가 흔들릴 때 무서우면 또 내게로 와요. 내가 아까처럼 손을 꼭 잡아줄 테니까."

사자의 생일 잔치

사자가 생일파티를 열었다.

사자는 고기를 무척 좋아해서 파티에 오는 모든 동물들에게 선물로 고기를 가져오라고 했다. 그래서 모두 고기를 들고 왔는데 원숭이는 고기를 구할 길이 없어서 할 수 없이 바나나 3개를 들고 왔다.

사자는 원숭이의 바나나를 보고 화가 나서 원숭이에게 힘껏 던졌다. 그런데 바나나를 2개째 던지는데 원숭이가 갑자기 웃는 것이 아닌가.

사자는 화가 났고 바나나 3개를 다 던지자 결국 원숭이는 쓰러지고 말았다. 그런데 원숭이가 웃은 이유는?

저 멀리서 토끼가 늙은 호박 3개를 낑낑대며 들고 오고 있었다.

참새의 답변

어느 날 참새가 한가로이 전깃줄에 앉아 이 생각 저
생각 하고 있는데, 그때 마침 원수 같은 참새 사냥꾼이
지나가는 것이었다.

그러자 참새가,

"옳지! 너 잘 걸렸다."

하며 사냥꾼의 머리를 향하여 오줌을 쌌다.

그러자 화가 난 사냥꾼이 참새에게 하는 말!

"야~ 인마!! 너는 팬티도 안 입고 다니냐?"

하고 고함을 치자 참새가 하는 말.

"야~~ 인마!! 너는 팬티 입고 오줌 누냐???"

황당한 의사

어떤 남자가 병에 걸렸다. 병원과 집이 너무 멀어서 부인은 의사에게 왕진을 부탁했다. 의사가 집에 오자마자 문을 잠그더니 치료에 들어갔다.

잠시 후에 의사가 문 밖으로 고개를 내밀더니,

"칼 있으면 칼 좀 주십시오."

라고 하자 부인은 의사에게 칼을 갖다주었다.

얼마의 시간이 흐르자 의사가 또 부인에게,

"펜치 좀 갖다주시죠."

라고 해서 의사에게 펜치를 갖다주었다. 공구를 자꾸 달라고 하자 초초해진 부인은 어쩔 줄 몰라 하고 있는데 의사가 또다시,

"혹시 전기톱 있습니까?"

라고 묻자 부인이 울음을 터뜨리면서 도대체 무슨 병이길래 이러느냐고 물었다. 그러자 의사가 대답했다.

"아, 저 죄송합니다. 진료가방이 안 열려서……"

엄마와 아들

엄마가 어린 아들이랑 사진을 보고 있었다.

그 사진은 배가 불러 있던 엄마와 큰아들이 함께 찍은 사진이었다.

어린 아들이 엄마에 물었다.

"엄마! 나는 어디 있어?"

엄마는 손가락으로 사진을 가리키며 말했다.

"응, 너는 엄마 뱃속에 있어."

어린 아들은 이해가 되지 않는다는 듯 고개를 갸우뚱하며 물었다.

"엄마! 나 왜 먹었어?"

차남의 비애

■ 평소 부모들의 태도

장남 : 항상 믿음직스럽고 든든하다.

막내 : 항상 귀엽고 재롱덩어리다.

차남 : (관심도 없다.) 어? 너도 있었니?

■ 아이 친구들이 놀러왔을 때의 반응

장남 : 아이구, 참 잘생겼구나. 그래, 네 이름이 뭐니?

막내 : 너희들 뭐 먹을 거 줄까?

차남 : 너, 또 애들 달고 왔니?

■ 아이가 사고 쳤을 때

장남 : 대체 어쩌다 그랬니? 다음부터 조심해라!

막내 : 다친 데는 없니?

차남 : 너는 정말 일생에 도움이 안 돼!

건망증 선생님

　건망증이 심한 수학선생님이 있었다.

　어느 자율학습 시간, 갑자기 교실 뒷문이 벌컥 열리면서 수학선생님이 나타났다.

　"3학년 8반은 왜 이렇게 시끄러워? 수능이 얼마나 남았다고 말이야!"

　선생님의 한 마디에 아이들은 쥐 죽은 듯이 조용해졌다. 선생님이 뒷문을 닫고 사라진 지 10초가 지나자 이번에는 앞문이 드르륵 열리고 다시 수학선생님이 나타났다.

　선생님은 흐뭇한 미소를 띠며 이렇게 말했다.

　"음, 이 반은 학습 분위기가 참 좋군. 옆반은 아주 형편없던데……."

부산 할매

부산에 사시는 한 할머니가 버스를 타려고 기다리고 있는데 바로 옆에 외국인도 버스를 기다리고 있었다.

조금 있으니 저쪽 모퉁이를 돌아서 버스가 오자 할머니가 말했다.

"왔데이!!"

옆에 있던 외국인이 오늘이 무슨 날인가 묻는 줄 알고(What day?) 마침 월요일이라,

"먼데이!"

라고 대답하자 할머니는 뭐가 오는지를 묻는 줄 알고,

"버스데이."

라고 하자 외국인은 오늘이 할머니 생신인 줄 알고,

"해피 버스데이!"

라고 했다. 이에 할머니도 말했다.

"해피버스 아니데이, 좌석버스데이."

강도

한 강도가 은행을 털러 갔다.

하지만… 경고음에 경찰이 출동해 은행을 포위했다.

그러자 강도는 여자 은행원을 인질로 잡고 총을 겨누었다. 경찰이 협상을 제안했다.

"네가 진정으로 원하는 게 뭐냐?"

그러자 강도가 대답했다.

"초… 초… 총알을 달라!"

지뢰

한 여기자가 여자는 무조건 남자의 뒤를 따라다녀야 했던 쿠웨이트를 걸프전 이후 다시 취재하게 되었다. 하지만 이번에는 남자가 여자의 뒤를 졸졸 따르는 것이었다. 기자는 한 여자에게 다가가 물었다.

"전쟁 이후 여성의 지위에 큰 변화가 생긴 것 같아 보기 좋군요. 도대체 저 잘난 남자들을 뒤로 물러서게 만든 게 무엇입니까?"

쿠웨이트 여자는 덤덤히 답했다.

"지뢰."

접시 깬 사람은?

    누나와 엄마는 설거지를 하고, 아빠와 아들은 TV를 보는데 갑자기 쨍그랑 소리가 났다.
    정적 속에서 아빠가 아들에게 물어보았다.
    "누가 접시 깼는지 보고 와라!"
    "그것도 몰라? 엄마잖아!"
    "어떻게 아니?"
    "엄마가 아무 말도 안 하잖아."

최신 발명품

한 남자가 무거운 가방 두 개를 들고 낑낑거리며 길을 가고 있는데 한 사나이가 다가와서 시간을 묻는 것이다. 한숨을 쉬며 가방을 내려놓고 시계를 보여주며 답했다.

"6시 10분 전이군요."

시계를 본 사나이가,

"우와, 시계가 참 멋있군요."

라며 감탄하자 시계 주인은 기분이 좋아져 시계 자랑을 시작했다.

"예, 한 번 보시겠어요?"

버튼을 누르자 세계지도가 나타나는 것이다. 액정화면의 한 나라를 선택하자 그 나라 시각을 또렷하게 알려주는 음성이 흘러나왔다. 고해상도의 화질은 최고의 상태였고 음질도 끝내줬다.

놀라는 사나이에게 그는 계속 얘기했다.

"그 정도 가지고 놀라시긴……."

그가 다른 버튼을 누르자 이번에는 도시의 지도가 나타났다.

"여기 깜빡이는 점은 인공위성으로 탐색한 우리의 위치입니다. 서쪽 블록 이동!"

명령을 내리자 화면의 지도가 서쪽으로 스크롤되며 나타났다.

"이 시계 저한테 파십시오!"

사나이는 흥분하며 소리쳤다.

"안 돼요. 아직 미완성품이거든요. 물론 tv, 호출기, 100만 단어 사전, 계산기 등 32가지 기능을 제공하기는 하지만 아직 버그가 있어서……."

"저한테 파십시오!"

"글쎄, 안 된다니까요."

"500만 원 드릴게요!"

"아니, 사실 이거 만드는데 투자한……."

"1000만 원!"

"어허, 그렇게 얘기해도."

"5000만 원 드리겠습니다!"

사나이는 백지 수표를 꺼내 적기 시작했다.

5000만 원이면 본전은 뽑는 셈이다. 사실 두 개까지 만들 수 있는 액수이다.

　　안달이 난 사나이는 수표를 주며 소리쳤다.

　　"자, 파시든가 말든가 어서 결정하세요!"

　　시계 주인은 잠깐 생각에 잠기더니,

　　"좋소!"

라며 시계를 풀었다. 시계를 받은 사나이는 거래에 만족하며 떠나려 했다. 그때, 과학자가 그를 붙잡아 가방을 가리키며 말했다.

　　"배터리도 가져 가셔야죠."

자신의 소중함

 어느 대학교수가 강의 도중 갑자기 10만 원짜리 수표를 꺼내들고는,
 "이거 가질 사람 손들어보세요!"
라고 했대요. 그랬더니 모든 사람이 손을 들었겠지요.
 그걸 본 교수는 갑자기 10만 원짜리 수표를 주먹에 꽉 쥐어서 구기더니 다시 물었습니다.
 "이거 가질 사람 손들어보세요!"
 그랬더니 이번에도 모든 사람이 손을 들었습니다.
 교수는 또 그걸 다시 바닥에 내팽개쳐서 발로 밟았습니다. 구겨지고 신발 자국이 묻어서 더러워진 수표를 들고 교수가 또다시 물었습니다.
 "이거 가질 사람?"
 당연히 모든 학생들이 손을 들었겠지요.
 그걸 본 교수가 학생들에게 말했답니다.
 "여러분들은 구겨지고 더러워진 10만 원짜리 수표일지라도 그 가치는 변하지 않는다는 것을 잘 알고 있는

것 같군요. '나'의 가치도 마찬가지입니다. 구겨지고 더러워진 '나'일지라도 그것의 가치는 전과 다르지 않게 소중한 것이랍니다. 실패하고, 사회의 바닥으로 내팽개쳐진다 할지라도 좌절하지 마십시오. 여러분의 가치는 어느 무엇보다 소중한 것이랍니다."

교수의 말을 들은 모든 학생들은 숙연해졌습니다.

이 세상에 존재하는 모든 사람들이 '나'의 가치를 소중하게 생각했으면 좋겠습니다. 소중한 '나' 못지않게 내가 사랑하는 사람들, 내가 좋아하고 또는 싫어하는 사람일지라도 그 가치를 얕보지 않았으면 하는 간절한 바람입니다.

군대의 인재들

어느 날 김 병장이 대원을 소집시켰다.

김 병장 : 야, 여기 피아노 전공한 사람 있어?

박 이등병 : 네, 접니다.

김 병장 : 그래, 너 어느 대학 나왔는데?

박 이등병 : K대 나왔습니다.

김 병장 : 그것도 대학이냐? 다른 사람 없어?

조 이등병 : 저는 Y대에서 피아노 전공했습니다.

김 병장 : Y대? S대 없어? S대?

전 이등병 : 제가 S대입니다.

김 병장 : 오호~ 그래? 여기 피아노 좀 저기로 옮겨
봐라.

그 다음날.

김 병장 : 여기 미술 전공한 사람 나와!

김 일등병 : 네, 제가 미술 전공입니다.

김 병장 : 어느 대학인데?

김 일등병 : Y대 디자인과입니다.

김 병장 : 그것도 대학이냐?

고 일등병 : 제가 H미대 출신입니다.

김 병장 : 그래. 오~ 좋아, 발야구하게 선 좀 그어라.

그날 저녁.

김 병장 : 여기 검도한 사람 누구야?

강 이등병 : 제가 사회에 있을 때 검도 좀 했습니다.

김 병장 : 몇 단인데?

강 이등병 : 2단입니다.

김 병장 : 2단도 검도냐? 다른 애 없어?

이 일등병 : 네, 제가 검도 좀 오래 배웠습니다.

김 병장 : 몇 단인데?

이 일등병 : 5단입니다.

김 병장 : 그래? 이리 와서 파 좀 썰어라.

그것도 모르냐

시골에 사는 할머니가 면사무소에 주민등록증을 만들러 갔다.

직원 : 할머니! 혈액형이 뭐예요?

할머니 : 이봐라, 혈액형이 뭐꼬?

직원 : 피 말이에요. 피······.

할머니 : 아~ 난 또 뭐라꼬······.

직원 : 아세요?

할머니 : 이년아, 그것도 모르는 사람도 다 있나?

직원 : 뭔데요?

할머니 : 난 빨간 피다. 와, 어쩔래?

할머니의 항변

　다리의 통증이 심한 할머니가 있었다.

　장마철에 이르자 할머니는 도저히 아픔을 참지 못해 병원을 찾았다.

　"의사 양반, 왼쪽 다리가 쑤시는데 요즘 같은 날씨엔 도저히 못 참겠수. 혹시 몹쓸 병은 아닌지……."

　할머니의 걱정에도 아랑곳 하지 않고 의사는 건성건성 대답했다.

　"할머니, 걱정하지 않으셔도 돼요. 나이가 들면 다 그런 증상이 오는 거예요."

　그러자 할머니는 버럭 화를 내며 말했다.

　"이보슈, 의사 양반! 아프지 않은 오른쪽 다리도 나이는 동갑이여."

정신병원

　　몇몇 정신병원 환자들이 두꺼운 책을 텍스트로 열띤 토론을 벌이고 있었다.

　　토론은 IT 산업 고객에 관한 내용이었다.

환자1 : 이 책은 너무 나열식이야.

환자2 : 게다가 등장인물이 너무 많아서 좀 산만해.

환자3 : 고객들 정보 공개 동의 여부는 알아봤나?

　　그런 얘기들로 열기를 더해 가는데 간호사가 급하게 들어와 물었다.

　　"누구 전화번호부 가져간 사람 있어요?"

횡단보도

　어떤 할머니가 횡단보도에 서 있는데 한 학생이 다가와 친절하게 말했다.

　"할머니, 제가 안전하게 건너시도록 도와드릴게요."

　할머니는 학생의 호의를 고맙게 받아들이고는 횡단보도를 건너가려고 했다. 학생은 깜짝 놀라며 할머니를 말렸다.

　"할머니! 아직 아닌데요. 지금은 빨간불이거든요."

　그러자 할머니는,

　"아니야, 지금 건너야 돼."

라며 막무가내로 건너가려고 했다.

　"할머니, 빨간불일 때 건너면 위험해요!"

라고 말하며 할머니가 건너지 못하게 잡았다.

　그러자 할머니는 학생의 뒤통수를 냅다 치며 말했다.

　"이눔아! 파란불일 때는 나 혼자서도 충분히 건널 수 있어!"

땀 흘리는 물고기

땀을 뻘뻘 흘리며 집에 돌아온 맹구에게 동생이 물었다.

"형! 물고기도 땀 흘려?"

더위에 지친 맹구는 대꾸도 않고 방으로 들어왔다.

동생이 방에까지 따라 들어와 다시 한 번 물었다.

"형! 말 좀 해봐. 물고기도 땀을 흘리느냐고!"

그러자 맹구가 휙 돌아서며 귀찮다는 듯 말했다.

"당연하지, 이 바보야! 그렇지 않으면 바닷물이 왜 짜겠냐?"

택시비

어떤 아가씨가 숨을 헐떡이며 급히 택시를 잡아탔다.

"아저씨 저는 쫓기고 있어요. 아무 데나 빨리만 가주세요!"

택시기사가 영문을 몰라 하자 아가씨가 재촉했다.

"뒤의 택시가 저를 쫓아오고 있단 말이에요."

마침내 뒤쫓아오던 택시를 완전히 따돌리게 됐다.

그러자 궁금했던 기사가 물었다.

"아가씨 무슨 일로 쫓기는 겁니까?"

그러자 아가씨가 태연하게 말했다.

"예, 돈이 없어서 택시비를 안 냈거든요."

무서운 초등학생

xx초등학교 수학 시간.

"자 1+1은 뭐죠?"

라고 선생님이 묻자 애들은,

"2요!"

라고 말했다. 그런데,

"모든 수라는 집합의 원소요!"

라고 말한 한 명의 초등학생이 있었다.

선생님은 초등학생 1학년이 어떻게 그런 어려운 말을 쓰나 하고 잠시 생각하다가,

"1+1이 어떻게 모든 수라는 집합의 원소냐?"

라고 묻자,

"선생님, 물론 1+1=2라는 말도 맞긴 맞습니다. 그러나 2라는 답은 1+1을 만족하는 원소 중의 하나일 뿐입니다. 그러니 선생님이 말하신 답은 1+1이라는 답에서 0.000000000000001%에도 미치지 못하는 아주 작은 범위의 답입니다. 예를 들어 1+1인데 1을 색연필 1다스

라고 생각해 보십시오. 그렇다면 1다스+1다스니까 2다스 또는 24자루라고 말할 수도 있지 않습니까? 그리고 만약에 234kg짜리 돌덩이 1개+234kg짜리 돌덩이 1개를 더하면 468kg 또는 2개라고 말할 수도 있지 않습니까? 그렇게 따져보면 무조건 1+1=2라는 말은 성립이 되지 않습니다."

선생님은 잠시 현기증을 유발하였다가 다시 정신을 차리고는,

"1+1=2라고 수학계에서 정의를 내려놓은 거야! 알겠어?"

라고 말하자,

"그렇다면 수학계에서 왜 1+1=2라고 정의를 내렸는지 가르쳐주세요. 기왕이면 귀류법으로 1+1=2라는 것을 증명해 주시면 더욱 좋고요. 그리고 왜 1+1을 만족할 수 있는 답들은 다 제외시켰는지도 증명해 주세요."

라고 그 초등학생이 말했다. 선생님은 그만 기절하고 말았다.

뒤죽박죽 동화

옛날에 용왕이 아팠다.
그래서 거북이에게 토끼의 간을 구해오라고 했다.

거북이 : 토끼야 간 줘!
토끼 : 나랑 경주해서 이기면 주지.

그리하여 토끼와 거북이는 경주를 했고 토끼가 전날
과음을 한 관계로 자다가 지고 말았다. 거북이가 간을
내놓으라고 하자 토끼는 미친 듯이 도망을 치고 말았다.
그때 마침 지나가던 사냥꾼이 미친 토끼를 발견하고
잡았다. 잡은 토끼를 연못 옆에 두고 물을 마시는데 토
끼가 데구루루 굴러서 연못에 빠졌다.
연못 한가운데서 나타난 산신령!

산신령 : 금토끼가 네 토끼냐?
사냥꾼 : 아니옵니다.

산신령 : 은토끼가 네 토끼냐?

사냥꾼 : 아니옵니다.

산신령 : 그럼 이 산토끼가 네 토끼냐?

사냥꾼 : 그렇사옵니다.

산신령 : 오, 장하도다! 내 너에게 이 토끼를 다 주겠
　　　　노라.

토끼들이 다 도망가버렸다. 화가 난 사냥꾼은 화병으
로 죽고 마누라가 떡을 팔아서 생계를 유지하고 있었다.
바로 그때!!

호랑이 : 떡 하나 주면 안 잡아먹지~!

안 주고 도망치다가 잡아먹혔다. 호랑이가 사냥꾼 마
누라의 주민등록증에 적힌 주소로 찾아갔다.

호랑이 : 얘들아! 엄마 왔다.

아이들 : 거짓말! 엄마 목소리가 아닌데…… 손을 넣
　　　　어봐.

호랑이가 손을 넣자 아이들이 큰 소리로 말했다!!

아이들 : 어? 엄마 맞네.

문을 열자 호랑이가 뛰어 들어왔고 놀란 아이들은 뒤로 도망가서 나무 위에 올라갔다.

호랑이 : 나무 위에 어떻게 올라갔니?
아이들 : 참기름 바르고 올라왔다.

호랑이가 참기름을 바르자 쑥쑥 잘 올라가지는 것이었다. 놀란 아이들은 하늘에 빌었다.

아이들 : 하느님! 저희를 살리시려면 금 동아줄을, 죽이시려면 썩은 동아줄을 내려주세요.

엘리베이터가 내려왔다.
아이들이 타서 문을 닫는데 호랑이가 열림을 눌렀다.
호랑이가 타는 것이다!!

그러나 정원 초과 벨이 울려서 호랑이는 내리게 되었고, 혼자내리기 무안한 호랑이는 오빠를 끌고 내려와서 잡아먹었다.

그렇게 하늘로 올라간 여동생은 목욕이 하고 싶어졌다. 그래서 땅으로 내려와서 목욕을 하는데 나무꾼이 옷을 가져간 것이다! 어쩔 수 없이 결혼을 했다.

자식 3명을 낳자 날개옷을 돌려달라고 했다. 사슴이 아이가 셋이면 하늘로 갈 수 없다고 했기에 안심하고 돌려줬다. 그러자 선녀가 아이 둘은 팔에 끼고, 하나는 입에 물고 하늘로 날아가는 것이 아닌가!!

그래서 나무꾼이 참다못해 한 마디 했다.

나뭇꾼 : 야! 이노무 선녀야!
선녀 : 왜~?

입을 벌린 선녀는 그만 입에 물었던 아이를 놓치게 되었고, 떨어지는 아이를 받다가 나무꾼은 장님이 되었다.

그렇게 젖동냥하면서 키우다가 심청이가 나이가 들어서 취직을 하게 되었다.

심청이가 퇴근하길 기다리던 심 봉사! 그만 강에 빠지고 만다.

심 봉사 : 사람 살려!
스님 : 내가 구해주리다!
심 봉사 : 휴… 고맙소!
스님 : 별 말씀을 그럼……
심 봉사 : 잠깐!
스님 : 왜 그러시오, 행자님.
심 봉사 : 혹시 돈 좀 가진 거 있소?
스님 : 어허허 행자님, 농담도 잘 하시는구려.
심 봉사 : 진담이오. 돈 내놔!

돈에 눈이 멀어 스님에게 삥을 뜯으려던 심 봉사는 경찰에 체포되어 감옥에 간힌다. 그래서 심청이가 면회를 갔는데 그 모습을 본 변 사또가 한 마디 한다.

변 사또 : 예쁘구나, 내 수청을 들라!
심청 : 아니 되옵니다.

변 사또 : 내 수청을 들래두!

심청 : 아니 되옵니다.

변 사또 : 이런 발칙한 년을 봤나, 당장 이년을 하옥 하라.

그때 암행어사 출도요~~!

암행어사 : 당장 변 사또를 하옥하라!!

포졸 : 네~.

암행어사 : 심청아, 고개를 들라.

심청 : 와~ 이 도령이다~!

그렇게 재회를 한 둘은 기쁨에 겨워 춤을 추고 있었다.
그때!! 12시 종이 땡땡 울려 심청이는 고무신 한 짝을
남기고 떠나갔다. 결국 고무신의 냄새 추적으로 다시
만나 결혼해서 행복하게 잘 살다가 세상을 떴다.
그 부부에겐 아들이 둘 있었는데 못 된 형이 동생을
부모님이 물려주신 유산은 하나도 안 주고 쫓아낸 것이
었다.

그래서 불쌍한 흥부는 담배만 피우고 있었는데 옆에 있던 제비가, 뭉치랑 같이 김두환한테 덤비다 맞아서 다리가 부러진 것이었다.

대충 담뱃불로 지져주면서 치료를 해주니 제비가 고맙다고 박씨를 줬다. 박씨를 심고 부푼 맘으로 잠이 들었다.

다음날 박씨 심은 데로 가보니 줄기가 하늘까지 닿아 있었다. 호기심 많은 흥부는 타고 올라가 봤다. 하늘 위엔 거인이 있고 황금알을 낳는 황금닭이 있었다.

'바로 이거다!'

흥부는 황금알을 낳는 닭을 몰래 가지고 내려와서 부자가 되었다. 근데 황금알을 매일 낳는 걸로 봐서 뱃속에 황금이 가득 들어 있을 것 같았다. 그래서 배를 갈랐더니 황금알을 낳던 닭은 죽어버리고 말았다.

흥부가 슬퍼하고 있는데 거북이 왔다.

거북 : 이게 뭐요?
흥부 : 닭이 죽은 거요.
거북 : 이거 나 주면 안 되오?

흥부 : 가져가시오.

거북이는 닭의 간을 빼서 용왕에게 가져다주고 그걸
먹은 용왕은, 하루에 한 번씩 황금알을 낳았다고 한다.

좌우명

　영어 수업 시간이었다.

　different를 배우다가 스카이 얘기가 나오게 되고, 그러다 갑자기 좌우명 얘기를 선생님이 하시는 것이다.

　"우리 반 아이들의 좌우명을 집에 가서 천천히 보고 있는데 이런 좌우명이 있더구나. 'SKY! It's difficult.' 그래서 선생님은 이 아이가 different를 알긴 아는데 실수했거나, 아니면 잘 모르는 게 아닌가 하고 그 다음날 그 아이에게 물어봤단다. 차마 스펠링이 틀렸다는 말은 못하고 '너의 좌우명은 무슨 뜻이니?' 라고 물어봤단다. 그랬더니 대답이…… 'S-서울대, K-고려대, Y-연세대 거기 가는 건 어렵다는 뜻이에요.'"

　선생님은 할 말이 없었단다.

어떤 요리사

어떤 요리사가 있었다.

요리사는 붕어 요리를 잘했다.

이날도 붕어를 요리하기 위해 붕어를 자르고 있었다. 그런데 노란색 붕어를 잘랐는데 피가 노란색이 아니라 검은색이었다.

이상하게 생각한 요리사는 왜 노란색 피가 아니냐고 붕어에게 물었다. 붕어 왈,

"지는 붕어빵인디유!"

기분 좋은 비

■ 길을 가다 비 닮은 사람을 보면?
  – 너비아니

■ '비가 LA를 가다.' 를 줄이면?
  – LA갈비

■ 비의 매니저 이름은?
  – 비만관리

■ 비가 자기소개를 할 때 뭐라 할까요?
  – 나비야

■ '내일 아마 비가 올 것이다.' 를 줄여서 뭐라고?
  – 메이비(MAYBE)

거스름돈

한 박스에 5천 원짜리 귤을 사고 만 원을 냈어.

근데 아저씨가 6천 원을 거슬러주는 거야.

그래서 난 아저씨가 알기 전에 눈썹이 휘날리도록 열나게 뛰었지롱~.

우씨… 그런데 말이야…… 귤을 놓고 왔지 뭐야.

아이고, 요놈의 정신!

전철역 이름도 가지가지

친구 따라 가는 - 강남역

가장 싸게 지은 - 일원역

양력설을 쇠는 - 신정역

숙녀가 좋아하는 - 신사역

불장난하다 사고 친 - 방화역

역 3개가 함께 있는 - 역삼역

실수로 자주 내리는 - 오류역

서울에서 가장 긴 - 길음역

일이 산더미처럼 쌓인 - 일산역

이산가족의 꿈을 이룬 - 상봉역

23.5도 기울어져 있는 - 지축역

어떤 여자라도 환영하는 - 남성역

앞에 구정물이 흐르는 - 압구정역

미안하네 그만 까먹었네 - 아차산역

타고 있으면 다리가 저린 - 오금역

장사하는 사람들이 좋아하는 - 이문역

분쟁 시 노사 간에 만나야 하는 - 대화역

죽은 이들을 기리기 위해 지은 - 사당역

마라톤 선수들이 가장 좋아하는 - 월계역

그대 의견을 꼭 들어주마 - 수락역

스포츠 경기 때마다 바빠지는 - 중계역

길 잃어버린 아이들이 모여 있는 - 미아역

'양치기 소년'의 주인공이 사는 - 목동역

새벽부터 빈 물통 든 사람들이 몰려든 - 약수역

역내 화장실에 항상 뜨거운 물이 나오는 - 온수역

학교 가기 싫어하는 애들이 가장 좋아하는 - 방학역

표 검사뿐 아니라 짐까지 샅샅이 검사하는 - 수색역

구겨졌던 옷이 내릴 때 보니 말끔히 펴져 있는 - 대림역

대학도 아닌 역이 대학인 척하는 - 낙성대역

기초적인 바둑을 가르치는 학교가 있는 - 오목교역

맹자, 공자, 노자 등 성인들이 사는 - 군자역

젖먹이 아기들이 가장 좋아하는 - 수유역

영화감독들이 초조하게 기다리는 - 개봉역

수도를 틀어도 석유가 나오는 - 중동역

악마나 귀신들이 가장 싫어한다는 - 성수역

썰렁 개그

- 아이스크림이 교통사고를 당했다, 왜? 차가와서

- 별 3개가 불에 타고 있으면? 삼성화재

- 예쁜 여자를 짧게 줄이면? 예쁜걸

- 추운 남자를 짧게 줄이면? 춥군

- 나나가 지구에 오면? 지구온나나

- 대통령 선거의 반대말은? 대통령 앉은거

- 열 명의 스님이 쉬고 있으면? 열중쉬어

- MC몽이 선탠하면? 구운몽

- 할아버지가 제일 좋아하시는 돈은? 할머니

- 아빠 두 명 엄마 한 명을 4자로 줄이면? 두부한모

- 높은 곳에서 출산하는 것은? 하이애나

· 김밥이 죽으면? 김밥천국
· 신사가 하는 인사는? 신사임당
· 푸가 여러 명 있으면? 푸들
· 오랜 기간 동안 추우면? 춥지롱
· 오랜 기간 동안 더우면? 덥지롱
· 오랜 기간 동안 배고프면? 배고프지롱

맥주병 해병

해병이 있었는데 그는 수영을 못 하는 맥주병이었다.
하루는 친구들이 놀렸다.
"야, 넌 해병인데도 수영을 못 하냐? 너 해병 맞니?"
그러자 그 해병이 한 마디 했다.
"그럼 공군은 다 날아다니냐?"

할머니와 운전기사

시내버스의 벨이 고장 났다.

한 할머니가 조용히 운전수에게 가서 딱 한 마디 했다. 뭐라고 했을까?

"삑~~~!"

옛날에 고집 센 사람과 똑똑한 사람이 있었다.

둘 사이에 다툼이 일어났는데 다툼의 이유인즉, 고집 센 사람이 4×7=27이라 주장하고, 똑똑한 사람이 4×7=28이라 주장했다.

답답한 나머지 똑똑한 사람이 고을 원님께 가자고 말하였고, 그 둘은 원님께 찾아가 시비를 가려줄 것을 요청했다.

고을 원님이 한심스러운 표정으로 둘을 쳐다본 뒤 고집 센 사람에게 말을 했다.

"4×7=27이라 말하였느냐?"

"네, 당연한 사실을 말했는데 글쎄 이놈이 28이라고 우기지 뭡니까?"

그러자 고을 원님은 다음과 같이 말했다.

"27이라 답한 놈은 풀어주고, 28이라 답한 놈은 곤장을 열 대 쳐라!"

고집 센 사람은 똑똑한 사람을 놀리며 그 자리를 떠

났고, 똑똑한 사람은 억울하게 곤장을 맞아야 했다. 곤장을 맞으면서 똑똑한 사람이 원님께 억울하다고 하소연했다.

그러자 원님의 대답은,

"4×7=27이라고 말하는 놈이랑 싸운 네놈이 더 어리석은 놈이다. 내 너를 매우 쳐서 지혜를 깨우치게 하려 한다."

UCC와 악마

　요즘 UCC가 폭발적으로 유행하면서 어딜 가나 개인 카메라와 CCTV가 감시하는 세상이 되었다.
　최근에 한 남자가 신(神)을 만났는데 신이 한가하게 컴퓨터 모니터를 들여다보고 있었다.
　남자는,
　"요즘 신께서 한가해지신 것 같습니다."
라고 말하자 신이 대답했다.
　"요즘은 니들끼리 서로 다 보고 있으니 내가 쫓아다니며 자세히 볼 일이 없어졌어."
　그 남자가 이번엔 악마를 만났는데 신과는 달리 악마는 모니터를 보며 눈코 뜰 새 없이 바쁘게 키보드를 두들기고 있었다.
　도대체 뭘 하는데 그렇게 정신없느냐고 묻자 악마가 대답했다.
　"말 시키지 마. 요즘 악플 다느라 바쁘다고!"

습 관

　수업시작 종이 울리고 선생님이 들어오시자 한 학생
이 손을 번쩍 들고 일어났다.

　"선생님! 저 화장실 좀 다녀오겠습니다."

　"그래 다녀와라. 그런데 넌 쉬는 시간에는 뭘 하고 지
금 화장실에 가니?"

　그러자 학생이 말했다.

　"전 항상 자기 전에 화장실에 가는 습관이 있거든요."

병원 이야기

　정신병원에 두 명의 환자가 입원해 있었다.

　어느 날 남자 환자가 병원 내 수영장에서 가장 깊은 곳에 뛰어들었는데 한참이 지나도록 물 위로 떠오르지 않았다. 그걸 본 여자 환자가 물로 뛰어들어 바닥에 가라앉아 있는 그 남자를 물 밖으로 끌어내 구조했다.

　병원장이 그 얘기를 전해 듣고서 여자 환자가 정상이 되었다고 판단하고 퇴원시키기로 했다.

　그녀를 찾아간 병원장이 말했다.

　"좋은 소식과 나쁜 소식을 전해 드리겠습니다. 먼저 좋은 소식부터 말씀드리면, 당신은 물에 빠진 사람을 구조할 정도로 정상으로 회복되었으니 퇴원시키기로 했고, 나쁜 소식은 당신이 구조한 그 남자가 어젯밤 목욕탕에서 목매어 자살했습니다."

　그랬더니 그 여자 환자, 정색을 하고 그게 아니라고 주장했다.

"선생님! 그게 아닌데요. 자살한 게 아니에요. 그 남자가 너무 물에 젖었길래 건조시키려고 제가 거기에 매달아 놓았던 거라구요."

할머니와 자판기

한 시골 할머니가 도시에 처음 오셨다. 목이 말라 뭐 마실 거 없나 하고 주위를 살피던 중 자판기를 발견하신 할머니. 허나, 사용법을 모르시는 할머니. 어찌할꼬!

발을 동동 구르다가 동전 구멍을 발견하시고,

"아 일로 동전을 넣는갑다."

하시며 동전을 넣으셨는데 그 다음이 문제였다. 단추만 누르면 되는데 그걸 미처 생각하지 못한 할머니가,

"보이소! 지가에 목이 마른데 콜라 좀 주이소."

라며 자판기에 대고 말을 하셨다.

아무런 응답이 없자 다시,

"보이소! 지가에 목이 마른데 콜라 좀 주이소."

또다시 대답이 없자,

"보이소! 지가에 목이 마른데 콜라 좀 주이소."

연이어 외쳤다.

그때 옆에서 지켜보시던 할아버지 왈,

"거… 딴 거 돌라 함케보이소…!!"

노랑 유니폼은 누구?

월드컵 때의 일이다.

우리나라가 8강에서 스페인을 꺾고 온 국민이 기쁨에 도취되어 있었다.

대한민국은 빨간 물결로 뒤덮히고….

그날 4강 신화로 인해 버스를 타는 사람 중 빨간 옷을 입고 타는 사람에 한해서 공짜로 태워준다고 해서 사람들은 빨간 옷을 입고 타기 시작했다.

그런데 어느 한 소년이 버스를 타는데 빨간 옷을 입지 않고 노란색 옷을 입고 돈도 내지 않고 공짜로 타는 것이었다.

그러자 버스 운전기사가 말했다.

"야 이놈아! 브라질 팬은 공짜로 탈 수 없다. 차비를 내라."

그러자 그 소년은 어이가 없다는 표정으로,

"전 이운재 팬인데요…."

한석봉 시리즈

기나긴 공부를 마치고 돌아온 한석봉! 오랜만에 어머니를 만나는 기쁨에 문을 박차고 들어와 외치는데~!

1. 치매 걸린 어머니

한석봉 : "어머니! 제가 돌아왔습니다."
어머니 : "네가 언제 나갔었니?"

2. 칼질이 서툰 어머니

한석봉 : "어머니! 제가 돌아왔습니다."
어머니 : "아니 벌써 돌아오다니… 그렇다면 네 실력이 얼마나 되는지 보자꾸나. 에… 불을 끌 터이니 너는 글을 쓰도록 하거라. 나는 그 어렵다는 구구단을 외우마!"

3. 피곤한 어머니

한석봉 : "어머니! 제가 돌아왔습니다."

어머니 : "자, 그렇다면 어서 불을 꺼 보거라!"

한석봉 : "그리 하지요. 글을 써 볼까요?"

어머니 : "글은 무슨 글… 어서 잠이나 자자꾸나!"

4. 뭔가 혼동하고 있는 어머니

한석봉 : "어머니! 제가 돌아왔습니다."

어머니 : "그렇다면 시험을 해보자꾸나. 불을 끄고 넌 떡을 썰어라, 난 글을 쓸 테니."

5. 겁많은 어머니

한석봉 : "어머니! 제가 돌아왔습니다."

어머니 : "자, 그렇다면 난 떡을 썰 테니 넌 글을 써보 도록 하여라!"

한석봉 : "어머니, 불을 꺼야 하지 않을까요?"

어머니 : "내가 손을 베면 네가 책임지겠느냐?"

사자가 무서워하는 것

어느 학교에서 동물원으로 소풍을 갔어. 사자 우리 앞에서 선생님은 아이들을 세워 놓고 물었지.

"자, 여러분! 세상에서 가장 무서운 동물은 무슨 동물이죠?"

그러자 아이들은 일제히 소리쳤지.

"사자요!"

선생님은 박수를 치면서 다시 물었어.

"정말 잘했어요! 그렇다면 사자가 가장 무서워하는 동물은 무엇일까요?"

선생님의 질문에 아이들이 모두 주춤하고 있는데 갑자기 맨 뒤에서 구경을 하고 있던 한 아저씨가 소리치는 거야.

"암사자!"

4

번개처럼 번쩍

누구를 위하여 초인종을

집에 초인종이 고장 나서 수리점에 연락을 하고 기다렸다. 그런데 30분이 지나도 오지 않는 것이다. 아버지는 수리점에 다시 전화를 했다.

"왜 약속한 시간이 지났는데도 안 오는 거예요?"

"이상하네요. 저희 직원이 분명히 시간을 넉넉하게 잡고 출발을 했는데요. 차가 막히나 봅니다. 죄송합니다, 조금만 기다려 주세요."

전화를 끊고 가족들은 기다려보기로 했다. 그런데 한 시간, 두 시간, 세 시간이 흘러도 수리공은 도착하지 않았다. 화가 난 아버지가 밖으로 나가 기다리기로 하고 대문을 확 열었다. 그런데, 대문 밖에 수리공이 덜덜 떨고 있는 게 아닌가!

"이봐요, 이렇게 늦게 오면 어떻게 합니까?"

"제가 여기에 네 시간 전에 도착을 했거든요. 그런데 아무리 초인종을 눌러도 대문을 열어주지 않아서 네 시간째 떨고 있는 거예요!"

국어 시험

국어 시험시간이었다. 시험 문제 중에 이런 문제가 나왔다.

※ 〈미닫이〉를 소리 나는 대로 쓰시오.

잘난 척하기로 소문난 형규가 제일 먼저 답안지를 내고 나갔다.

형규의 답안지에는 이렇게 씌어 있었다.

〈드르륵.〉

직업별 웃음소리

수사반장 : 후후후!(who who who)

요리사 : 쿡쿡쿡!(cook cook cook)

축구선수 : 킥킥킥!(kick kick kick)

악마 : 헬헬헬!(hell hell hell)

살인마 : 킬킬킬!(kill kill kill)

어린이 : 키득키득!(kid kid)

인기가수 : 싱굿싱굿!(sing good sing good)

원로가수 : 생굿생굿!(sang good sang good)

화장실 청소부 : 피싯~!(pee shit~)

시인 : 시일시일!(詩日詩日)

염세주의자 : 허허허!(虛虛虛)

사장 : 하하하!(下下下)

뱃사공 : 하하하!(河河河)

참새와 오토바이

    참새 한 마리가 달려오던 오토바이와 부딪히면서 그만 기절을 하고 말았다.

    마침 우연히 길을 지나가다 그 모습을 본 행인이 새를 집으로 데려와서 치료를 하고 모이를 준 뒤 새장 안에 넣어두었다.

    한참 뒤에 정신이 든 참새는 이렇게 생각했다.

    '아, 이런 젠장! 내가 오토바이 운전사를 치어서 죽인 모양이군. 그러니까 이렇게 철장 안에 갇힌 거지!'

산소통이 모자라

　어린아이와 늙은 할아버지, 그리고 사오정과 다른 사람들이 잠수함에 탔다. 그런데 이게 웬일인가. 잠수함이 출발한 지 10분도 안 되어서 침몰하기 시작했다. 다른 사람들은 산소통을 매고 탈출했다.

　뒤늦게 소식을 접한 건 사오정과 어린아이, 그리고 할아버지였다. 게다가 더욱 슬픈 소식은 산소통이 2개밖에 안 남았다는 것이다. 그때······.

　사오정 : 저는 갑니다~!

　혼자 살아보겠다고 산소통을 매고 탈출했다. 그 모습을 본 할아버지.

　할아버지 : (쿨럭쿨럭) 아이야, 나는 오래 살았으니 니가 탈출해라.

　아이 : 아니에요. 괜찮아요, 할아버지.

　할아버지 : (콜록콜록) 아니다. 이제 산소통은 하나밖에 없으니 네가 살도록···.

그때 아이가 힘차게 말했다.

아이 : 괜찮아요, 할아버지. 사오정은 소화기를 메고
　　　갔거든요!

곰보빵과 소보로

곰보빵을 너무 좋아하는 달봉이가 있었다.

하루는 곰보빵을 너무 먹고 싶어서 돼지저금통을 깨서 빵집에 들어갔다.

그런데 여종업원 얼굴이 곰보가 아닌가?

곰보빵 달라고 하면 자기를 흉보는 것 같아 종업원 기분이 나쁘겠고, 곰보빵은 먹어야겠고 해서 곰곰이 생각하던 달봉이…

'아! 곰보빵을 소보로라고 하니까 소보로빵 달라고 해야겠다.' 하고 종업원에게 다가간 달봉이 이렇게 외쳤다.

"소보로 누나! 곰보빵 두 개만 주세요."

촛불 두 개

　아버지와 아들이 같은 만찬회에 참석하게 되었다.
　그런데 아버지는 아들에게 한 마디 충고해 두는 것이 좋겠다는 생각이 들었다.
　연회가 한참 진행되고 나서 그는 아들을 불러놓고 타일렀다.
　"얘, 저기 촛불 두 개가 보이지? 저게 네 개로 보이게 되면 일어나서 집에 가야 하는 거다."
　그러자 아들이 말했다.
　"알겠어요. 하지만 지금 저기엔 촛불이 하나뿐인걸요. 그러니 아버지께서 일어나셔야 할 것 같아요!"

공통점 찾기

붕어빵 장사의 붕어빵이 탔다.
결투를 하던 서부의 총잡이가 죽었다.
위의 공통점은?

너무 늦게 뺐기 때문이다.

1,000원에 1,000원 더

선생님이 초등학생 아이에게 물었다.

"네가 1,000원을 갖고 있는데 아빠에게 1,000원을 더 달라고 했다면 너는 얼마를 가지게 되니?"

그러자 아이가 대답했다.

"1,000원이요!"

선생님은 걱정스러운 표정으로 말했다.

"너는 산수를 잘 모르는구나!"

그러자 아이가 한숨을 쉬며 하는 말,

"선생님은 저의 아버지를 잘 모르시는군요!"

사부 : 아니…, 네가 나에게 어떻게!

제자 : 사부님, 제가 세상에서 제일의 무술인이 되기 위해서는 어쩔 수 없습니다.

사부 : 난 너를 어렸을 때부터 자식처럼 키워왔다. 근데 네가 나를 죽이려고 하다니!

제자 : 죄송합니다. 얍!(제자 발길질에 쓰러진 사부)

사부 : 헉! 내가 호랑이 새끼를 키웠어, 호랑이 새끼를….

제자 : 그걸 이제야 아셨다니 불쌍하군요. 안녕히 가십시오.

사부 : 다시 한 번 생각해 봐라. 내가 호랑이 새끼를 키웠다고.

제자 : 더 이상 생각할 필요도 없습니다. 안녕히 가십시오.(제자가 사부를 죽이려 하자 갑자기 제자 뒤에서 호랑이가 나타나 제자를 덮쳤다.)

사부 : 내가 호랑이 새끼를 키웠다니까.

한 학생이 길을 가다 대변이 너무 급했다. 그때 눈에 띈 화장실이 있어 급히 뛰어 들어가 볼일을 다 보고 닦으려는데 휴지가 없는 것이다.

그 학생은 매우 난감해 하며 닦을 것을 찾아 주위를 둘러보았다. 눈에 띄는 것이 있었는데 그것은 한쪽 벽에 붙어 있는 작은 쪽지였다.

쪽지에는 이렇게 적혀 있었다.

'만약 닦을 게 없으시면 손가락으로 닦으시고 이 쪽지 아래에 있는 구멍으로 손가락을 깊게 넣어주세요.'

"이야~ 세상 참 편해졌구만, 손가락 세척기도 있고."

그래도 다행이라고 생각한 학생은 손가락으로 쓰윽~ 닦아주고 그 구멍 안으로 손가락을 힘차게 넣었다. 하지만 구멍 끝에서 기다리는 건 바늘이었다. 학생은 아픔과 동시에,

"앗 따거!"

라고 외치며 손가락을 입으로 가져갔다.

5대양 6대주

초등학교 1학년인 짱구는 5대양 6대주에 대해 알아 오라는 숙제를 들고 고민하고 있었다. 마침 시골에서 올라오신 할아버지께서 그런 짱구를 불러 숙제를 도와 주겠다고 하신다.

"5대양은 말이다. '김 양, 박 양, 윤 양, 서 양, 이 양' 이라고 쓰면 되고……, 6대주는 '맥주, 소주, 양주, 포도주, 동동주, 그리고 마지막 하나는 막걸리'라고 쓰면 된다."
라고 하셨다.

다음 날 짱구는 선생님께 혼나고 돌아왔다.

그 모습을 본 할아버지…… 곰곰이 생각하시더니 짱구에게 하시는 말씀.

"아참, 내가 깜빡하고 탁주를 막걸리라고 적어줬구나……."

어린이유머 뿌잉뿌잉

물의 깊이

차를 타고 가던 남자가 물을 만났다. 물의 깊이를 몰라 망설이던 남자는 옆에 있던 한 아이에게 물었다.

"얘야, 저 도랑이 깊니?"

"아뇨, 아주 얕아요."

남자는 아이의 말을 믿고 그대로 차를 몰았다.

그러나 차는 물에 들어가자마자 깊이 빠져버리고 말았다. 겨우 물에서 나온 남자는 아이에게 화를 냈다.

"이놈아! 깊지 않다더니 내 차가 통째로 가라앉았잖아! 어른을 놀려?"

그러자 아이는 고개를 갸우뚱거리며 말했다.

"어? 이상하다 아까는 오리 가슴밖에 안 찼는데……."

달리기

손오공 : 야! 달리기를 하는데 2등을 추월하면 몇 등
　　　　이게?

사오정 : 당연히 1등이지!

손오공 : 실망했다. 2등을 추월하면 2등이지 1등이
　　　　냐? 야, 이번엔 잘해 봐.

사오정 : 알았어(잔뜩 긴장).

손오공 : 달리기를 하는데 꼴등을 추월했어! 그럼 몇
　　　　등이냐?

사오정 : 꼴등 다음이잖아~.

손오공 : 미치겠다. 어떻게 꼴등을 추월하냐? 하하하!

엽기적인 초보운전 문구

1. 할아버지가 운전하고 있습니다. 삼천리 금수강산 무엇이 급하리~!

2. 초보운전! 세 시간째 직진중.

3. 왕초보! 밥하고 나왔어요!

4. 옆뒤 절대 안 봄. 주의) 우리 남편 화나면 강아지 됩니다.

5. 원초적 초보운전! 충돌주의, 급제동주의, 수시로 시동 꺼짐, 좌우 백미러 무시, 경사로 밀림.

6. 백미러 안 보고 운전합니다. 옆으로 절대 오지 마세요.

7. 당황하면 후진해요.

오징어 손과 다리 구별법

1. 오징어에게 '엎드려 뻗쳐'를 시킨다.
   → 이때 오징어가 앞쪽에 딛는 것은 손이고 뒤쪽
     으로 뻗은 것은 다리이다.

2. 오징어 얼굴에 낙서를 한다.
   → 오징어가 얼굴을 씻을 때 얼굴에 댄 것은 손이
     고 얼굴에 대지 않은 것은 다리이다.

3. 오징어를 위협한다.
   → 살려달라며 싹싹 비는 것은 손이고 무릎을 꿇
     은 것은 다리이다.

거북이의 비밀

　어느 날 토끼가 거북이에게 달리기 시합을 벌이자고 제안했다. 경기가 시작되었고, 토끼는 옛날의 실수를 범하지 않기 위해 쉬지 않고 정말 부지런히 달렸다. 그런데 이게 어떻게 된 일인가! 결승점에는 이미 거북이가 도착해 기다리고 있는 게 아닌가.
　"아니, 대체 이게 어떻게 된 일인지?"
　토끼가 도무지 못 믿겠다는 표정을 짓자 거북이는 이렇게 말해 주었다.
　"사실, 난 닌자 거북이야."

아들의 역공

아들이 날마다 학교도 안 가고 놀러만 다니는 망나니 짓을 하자 하루는 아버지가 아들을 불러 놓고 무섭게 꾸짖으며 말했다.

"에이브러햄 링컨이 네 나이였을 때 뭘 했는지 아니?"

아들이 너무도 태연히 대답했다.

"몰라요."

그러자 아버지는 훈계하듯 말했다.

"집에서 쉴 틈 없이 공부하고 연구했단다."

그러자 아들이 대꾸했다.

"아, 그 사람 나도 알아요. 아버지 나이였을 땐 대통령이었잖아요?"

보기 드문 현상

초등학교 4학년 3반 선생님은 아이들에게 자연 문제를 내고 있었다.

"갑자기 비둘기 수십 마리가 떼를 지어 날아가다가 수직으로 땅에 떨어져 죽었습니다. 이것을 무슨 현상이라고 할까요?"

아이들은 손을 들어 자신들의 의견을 발표했다.

"만유인력 집결 현상입니다."

"자유낙하 현상입니다."

"아니에요, 모두 틀렸습니다. 정답은 극히 보기 드문 현상입니다."

박하사탕

　사오정, 손오공, 저팔계가 함께 구멍가게에 들어갔다.
　먼저 손오공이 50원을 내고 높은 선반 위에 있는 박하사탕을 달라고 했다. 주인은 밖에서 사다리를 가지고 왔다. 사다리를 타고 올라가서 박하사탕을 꺼내주었다. 그리고 사다리를 제자리에 갖다 놓았다.
　이번에는 저팔계가 50원을 내면서 박하사탕을 달라고 말했다. 주인은 또 사다리를 가져와 박하사탕을 꺼냈다. 꾀가 난 주인은 사다리에서 내려오지 않고 내려다보며 사오정에게 물었다.
　"너도 50원어치 박하사탕 줄까?"
　사오정은 큰 소리로 싫다고 말했다. 주인은 안심하고 사다리를 갖다 놓고 왔다. 그리고 물었다.
　"그러면 너는 뭘 살래?"
　사오정이 기다렸다는 듯 대답했다.
　"박하사탕 100원어치요!"

　유치원에서 아이가 가져온 가정통신문을 열심히 본 아빠.

　종이와 펜을 가져와서 선생님께 편지를 쓴다.

　'우리가 아이를 처음 유치원에 보낼 때는 근심 반 걱정 반이었습니다. 그런데 지금은….'

　그런데 이게 웬일?

　아빠의 편지를 더듬더듬 훔쳐보던 아이가 갑자기 울음을 터뜨리는 것이다.

　"앙앙~~ 아빠 미워! 아빠 미워!"

　당황한 아빠는 아이에게 우는 이유를 물었고 아이는 이렇게 대답했다.

　"아빤 아직 내가 무슨 반인지도 모르잖아! 난 달님반인데 근심반, 걱정반이라고 하고… 우리 유치원에 그런 반은 있지도 않단 말야! 앙앙~~!"

점수가 낮은 이유

　명청한 아들 맹구의 시험 성적에 대해 부모님들이
대화를 나눈다.

　아빠 : 맹구의 역사 시험 성적은 어떻소?

　엄마 : 별로 좋지 않아요. 하지만 그 아이의 잘못은
　　　　아니죠. 글쎄 시험에 온통 그 아이가 태어나기
　　　　전에 일어난 일들에 관해서 나왔거든요!

콩쥐와 황소

　팥쥐와 새엄마는 궁궐 만찬회에 가면서 산더미 같은 빨래와 낡은 호미 한 자루를 주면서 콩쥐에게 말했다.

　"너도 만찬회에 가고 싶으면 빨래와 재 너머 밭을 모두 매어 놓고 오너라."

　빨래를 마치고 밭일을 시작한 지 얼마 지나지 않아 그만 호미자루가 부러져버렸다.

　눈앞이 캄캄해진 콩쥐 앞에 '펑' 소리와 함께 황소 한 마리가 나타났다.

　"콩쥐님, 제가 도와 드릴 테니 염려 마세요."

　콩쥐는 집에 가서 옷을 갈아입고 밭일이 다 끝났으려니 생각하며 밭으로 와 보았다. 그러나 밭은 그대로이고 황소가 콩쥐에게 하는 말.

　"콩쥐님! 호미 다~ 고쳤습니다. 여기 받으세요~~."

어제 친구와 함께 도서관에서 공부하던 중에 친구가 말했다.

"야! 나 큰일 났다. 속이 안 좋아 방귀가 계속 나와."

나는 아무도 모를 거라고 얘기해 주었지만 옆에 앉아서 감당해야 할 생각을 하니 심란했다. 그냥 신경 쓰지 않기로 하고 계속 공부에 열중하고 있는데 우와! 장난이 아니었다. 연달아 계속 뀌어대는데 차라리 싼다고 말하는 게 맞을 정도였다. 게다가 소리는 또 얼마나 신기하던지 '부우웅… 부우웅… 부우웅… 부우웅….'

방귀를 그렇게 높낮이 없이 규칙적으로 뀌는 사람은 처음 봤다. 주위에서는 그게 무슨 소린지 모르는 듯했고 속을 아는 나는 웃겨서 죽는 줄 알았다. 그런데 갑자기 대각선 쪽에 앉아 있던 사람이 성큼성큼 다가와 하는 말,

"(짜증 섞인 목소리로) 저기요! 휴대폰 좀 꺼주실래요?"

길동이의 기도

어느 마을에 아주 가난한 아이가 살았는데 그 아이 이름은 길동이었다. 너무 가난했던 길동이는 매일 하느님께 기도드렸다.

"하느님! 복권에 당첨되게 해주세요!"

"하느님! 제발 복권에 한 번만 당첨되게 해주세요!"

길동이는 밥도 먹지 않고 잠도 자지 않은 채 기도하고 또 기도했다. 그렇게 기도하기를 2개월째.

그러나 폐인이 된 길동이는 복권에 당첨되지 않았다.

길동이는 너무나 지쳐서 하느님께 원망하듯 마지막 기도를 했다.

"하느님! 복권 당첨되게 해주세요. 이렇게까지 기도하는데 부디~!"

그러자 보다못한 하느님이 지상으로 내려와 길동이에게 말하길,

"길동아~ 일단 복권을 사란 말이다~~~!!!"

꼬마의 대답

톡하면 큰 소리로 야단을 일삼는 무서운 선생님이 어느 날 꼬마에게 질문을 했다.

"지구가 둥글다는데 그걸 어떻게 알 수 있지? 어디 말해 봐!"

그러자 그 꼬마는 덜덜 떨면서 대답했다.

"아닙니다, 선생님. 저 그런 소리 한 적이 없어요!"

지렁이의 비애

지렁이가 63빌딩을 1층당 1년씩 63년 동안 올라갔다. 옥상에 도착해서 너무 기쁜 나머지 침을 퉤~! 하고 뱉었는데 그만, 밑에 지나가던 굼벵이 머리에 맞고 말았다. 굼벵이는 기분이 상해서 63빌딩 옥상을 보면서 외쳤다.

"야! 너 당장 내려와!"

그래서 지렁이는 63년 동안 내려갔다.
1층에 도착해서 굼벵이를 만났더니 굼벵이가 하는 말⋯⋯.

"너 옥상으로 따라와!"

코끼리와 개미의 사랑

　코끼리와 개미가 사랑을 했대요. 이상스럽게 쳐다보는 주위의 시선에도 불구하고 둘이는 꿈 같은 열애 끝에 결혼을 했답니다. 가정을 꾸리고 행복한 나날을 보내던 어느 날, 어찌할꼬! 남편 코끼리가 교통사고로 그만 세상을 뜨고 말았답니다!

　남편 코끼리의 장례식이 있던 날 운구 행렬을 뒤따르던 개미는 그만 땅바닥에 주저앉아 통곡하더래요. 앞서 가던 동생 개미, 말도 안 되는 결혼을 극구 반대했었고 자신의 말을 안 듣고 일찍 과부가 돼버린 언니 개미가 너무 미워서 얼굴조차 보기 싫었어요. 그래도 애처롭게 울고 있는 언니가 불쌍해 보이고 한편으론 미안한 마음도 생겨서 울고 있는 언니를 달래주려고 뒤돌아갔는데 땅을 치며 통곡하는 언니의 울음소리!

　"아이고, 흑흑흑!!! 언제 다 묻나? 언제 다 묻나!!!"

말과 어느 목사님

옛날에 한 목사님이 있었는데 그 목사님이 선물로 말을 받았습니다. 그 말은 '할렐루야!'라고 말하면 달리고 '아멘!' 하면 멈추는 말이었습니다.

그 목사님이 말을 선물로 받아서 너무 기쁜 나머지 말을 타고 '할렐루야!' 하고 외쳤습니다. 그러자 그 말이 죽도록 달렸습니다. 그리고 말은 절벽 끝으로 갔습니다. 그래서 목사님은 예수님께 하직 기도를 하고 '아멘!' 이라고 말했습니다.

절벽 끝에 가까스로 멈춰선 말을 보고 또 너무 기뻐서 '할렐루야!' 라고 외친 목사님!

이제 그 뒤의 이야기는 알겠죠???

총알택시 운전사와 목사가 같은 날 같은 시각에 죽었다. 운전사는 곧바로 천국으로 보내지고 목사는 저승에서 대기 중이었다.

목사는 어째서 택시 운전사는 천국으로 보내고, 성직자였던 자기는 대기 중이냐고 투덜거렸다. 그러자 하느님이 대답하기를,

"목사, 그대가 설교할 때 신도들은 모두 졸고 있었도다. 그렇지만 총알택시 운전자가 차를 몰 때는 모두들 기도를 드렸느니라."

화장실 낙서

- 신은 죽었다 : 니체

- 너는 죽었다 : 신

- 너희 둘 다 죽었다 : 청소부 아줌마

불쌍한 강아지

강아지 한 마리가 있었다.

그놈은 우주선을 타고 여행을 하고 싶었다.

그래서 우주선 발사대에 가서 우주선 안에 몰래 잡입하는데 성공했다.

드디어 우주선이 달에 무사히 도착했다.

달에 도착한 강아지는 너무나 좋아서 신나게 여기저기 돌아다녔다.

그러나 얼마 후 강아지는 배가 터져 죽었다.

왜?

달에는 전봇대가 없어서…….

손을 안 씻는 이유

영구가 화장실에 다녀왔다.

옆에 있던 영칠이가 화장실에 갔다오면 항상 손을 씻
던 영구가 그날 따라 손을 안 씻길래 궁금해서,

"형, 오늘은 화장실 갔다 와서 왜 손 안 씻어?"

하고 물었다. 그러자 영구는 웃으면서 말했다.

"응, 오늘은 화장실에 휴지가 있더라구."

재치 만점 학생

어느 고등학교의 체육 시간.

수업종이 울리고 학생들이 모두 운동장에 모였는데 세 명의 학생이 늦게 나왔다.

화가 난 체육 선생님이 벌로 누워서 자전거 타기를 시켰는데 한 학생이 몇 바퀴 돌리다가 그냥 멈춰 있는 것이었다. 선생님이 소리 질렀다.

"야! 너 왜 안 해?"

그러자 학생이 하는 말,

"저~~어 선생님! 내리막길인데요."

유언

　　목사님이 환자의 임종을 맞이하러 병원에 왔다. 가족들도 모두 나가고 목사님과 환자만 남았다.

　　"마지막으로 하실 말씀은 없습니까?"

하고 목사가 묻자 환자는 괴로운 표정으로 힘을 다해 손을 허우적거렸다. 목사가 말하길,

　　"말하기가 힘들다면 글로 써보세요."

하면서 종이와 연필을 주었다. 환자는 버둥거리며 몇 자 힘들게 적다가 숨을 거두었다. 목사는 종이를 가지고 병실 밖으로 나와 슬퍼하는 가족들에게,

　　"이제 막 우리의 의로운 형제는 주님 곁으로 편안히 가셨습니다. 이제 고인의 마지막 유언을 제가 읽어드리겠습니다."

하며 종이를 펴고 큰 소리로 읽기 시작했다.

　　"발 치워, 너 호흡기 줄 밟았어!"

최고의 직업

민준 : "내 아빠는 유명한 과학자다!"

지민 : "내 아빠는 큰 무역회사의 사장이야."

윤아 : "내 아빠도 유명한 교수인데."

맹구 : "내 아빠는 청와대에 있는 모든 사람을 벌벌
떨게 만든다! 거기 보일러실에서 일하시거든."

효심

　분명히 성적표가 나올 때가 된 것 같은데 아들이 내놓지 않자 어머니가 물었다.
　"왜 성적표를 보여주지 않니?"
　"선생님의 가르침을 제대로 실천하느라고요."
　"그게 무슨 소리냐?"
　"선생님께서 오늘 그러셨거든요. 부모님께 걱정 끼쳐 드리는 일을 해서는 안 된다고요."

사오정과 족발

　어느 날 사오정이 큰맘을 먹고 족발을 사가지고 집으로 갔다. 그러자 아들이 좋아하며 물었다.
　"아빠! 웬 족발이에요?"
　사오정 왈,
　"글쎄… 이게 왼쪽 발인지… 오른쪽 발인지……"

넌 누구냐?

티코가 주행 중에 타이어가 펑크나 시궁창에 빠졌다.
시궁창에 살던 모기가 깜짝 놀라 물었다.
"넌 누구냐?"
"응, 난 자동차다."
그러자 모기가 큰 소리로 웃으며 말했다.
"니가 자동차면 난 독수리다."

김치와 김치만두

옛날에 김치와 김치만두가 길을 가다가 둘이 딱 마주쳤어. 김치는 그냥 지나갔지. 그런데 김치만두가 갑자기 김치의 팔을 확 잡고 하는 말……,

"이 안에 너 있다!"

안개 낀 날의 항해일지

안개가 심하게 낀 밤에 조심스럽게 항해하던 선장이 앞쪽에서 이상한 불빛을 감지했다.

선장은 충돌을 예상하고 신호를 보냈다.

"방향을 20도 바꾸시오!"

그러자 그쪽에서 신호가 왔다.

"당신들이 바꾸시오!"

기분이 상한 선장은

"난 이 배의 선장이다!"

라고 신호를 하였다. 잠시 후 그쪽에서도 당당하게 신호가 오는 것이었다.

"난 이등 항해사다!"

이에 화가 난 선장은 강경한 태도를 보였다.

"이 배는 전투함이다. 당장 항로를 바꿔라!"

그러자 그쪽에서 바로 신호가 왔다.

"여긴 등 -대 -다!"

가장 억울하게 죽은 사람

고가도로를 넘어가던 버스가 과속으로 뒤집어져 많은 사람이 죽었다.

가장 억울하게 죽은 사람 4명을 꼽으라면,

첫째 : 결혼식이 내일인 총각.

둘째 : 졸다가 한 정거장 더 오는 바람에 죽은 사람.

셋째 : 버스가 출발하는데도 억지로 달려와 간신히 탔던 사람.

넷째 : 69번 버스를 96번으로 잘못 보고 탄 사람.

신부님과 핸드폰 사건

　신부님께서는 미사 때마다 핸드폰 소리 때문에 항상 잔소리를 해대셨습니다. 그러던 어느 날 강론을 한창 열심히 하고 계시는데 또 '삐리리~~~!' 하고 핸드폰 소리가 울려 퍼지는 것이었습니다. 그런데 한참을 울려도 아무도 받지 않는 것이 아니겠습니까?

　신자 모두가 웅성거리기 시작했습니다. 신부님도 열이 오르기 시작했습니다. 하지만 그 핸드폰은 바로 신부님 주머니 속에서 울리고 있다는 걸 뒤늦게 깨달으신 것입니다. 신부님의 그 다음 멘트에 신자들은 모두가 뒤집어졌습니다.

　핸드폰 폴더를 열고 신부님 왈,

　"아~ 하느님이세요? 제가 지금 미사 중이거든요. 미사 끝나고 바로 하늘로 전화하겠습니다……."

유머 수수께끼

절벽에서 떨어지다가 나무에 걸려 살아난 사람은?
덜 떨어진 사람

만 원짜리와 천 원짜리가 길에 떨어져 있으면, 어느 걸 주울까요? 둘 다

하늘에 달이 없으면 어떻게 될까요? 날 샜다

인삼은 6년근일 때 캐는 것이 좋은데, 산삼은 언제 캐는 것이 제일 좋은가? 보는 즉시

눈이 오면 강아지가 팔닥팔닥 뛰어다니는 이유는?
가만히 있으면 발이 시려우니까

엿장수는 하루에 몇 번 정도 가위질을 할까요?
엿장수 맘대로

머리 둘레에 머리카락이 없는 사람은?
주변머리가 없는 사람

죽었다 깨어나도 못 하는 것은? 죽었다 깨어나는 것

눈코 뜰 새 없을 때는? 머리 감을 때

조물주가 인간을 진흙으로 빚었다는 증거는?
열받으면 굳어진다

양심 있는 사람이나 없는 사람이나 모두 시꺼먼 것은?
그림자

여자는 무드에 약하고 남자는 무엇에 약할까요? 누드

이혼이란? 이제 자유로운 혼자

고인돌이란? 고릴라가 인간을 돌멩이 취급하던 시대

엉성하다란? 엉덩이가 풍성하다

절세미녀란? 절에 세들어 사는 미친 여자

눈치코치란? 눈 때리고 코 때리고

오리지날이란? 오리도 지랄하면 날 수 있다

요조숙녀란? 요강에 조용히 앉아 있는 숙녀

세상에서 가장 뜨거운 바다는? 열바다

세상에서 가장 추운 바다는? 썰렁해!

세상에서 제일 더러운 집은? 똥~집!

세상에서 제일 맛있는 집은? 닭똥집

보내기 싫으면? 가위나 바위를 낸다

땅투기꾼과 인신매매자를 7자로 줄이면?
땅팔자 사람팔자
도둑이 도둑질하러 가는 걸음걸이를 4자로 줄이면?
털레털레
식인종이 밥투정할 때 하는 말은? 에이, 살맛 안 나~
임꺽정이 타고 다니는 차가 무엇일까? 으라차차차!
양초가 가득 차 있는 상자를 3자로 줄이면? 초만원
'씨름 선수들이 죽 늘어서 있다.' 를 세 자로 줄이면?
장사진
서로 진짜라고 우기는 신은? 옥신각신
여자가 가장 좋아하는 집은? 시집
남자가 가장 좋아하는 집은? 계집
재밌는 곳은 어딜까? 냉장고에 잼 있다
'개가 사람을 가르친다.' 를 4자로 줄이면? 개인지도
'소가 웃는 소리' 를 세 글자로 하면? 우하하!
이심전심이란? 이순자가 심심하면 전두환도 심심하다
황당무계란? 노란 당근이 무게가 더 나간다

천고마비이란?

하늘에 고약한 짓을 하면 온 몸이 마비된다

착한 자식이란? 한국에서 살고 있는 성실한 사람

호로 자식이란? 러시아를 좋아하는 사람

미친 자식이란? 미국과 친하려는 사람

중학생과 고등학생이 타는 차는? 중고차

왕이 넘어지면 뭐가 될까? 킹콩

학생들이 가장 좋아하는 동네는? 방학동

스타들이 싸우는 모습을 뭐라고 할까? 스타워즈

라면은 라면인데 달콤한 라면은? 그대와 함께라면

겨울에 많이 쓰는 끈은? 따끈따끈

길가에서 죽은 사람을 무엇이라 하는가? 도사

진짜 문제 투성이인 것은? 시험지

세 사람만 탈 수 있는 차는? 인삼차

폭력배가 많은 나라? 칠레

굶는 사람이 많은 나라는? 헝가리

경찰서가 가장 많이 불타는 나라는? 불란서

노총각들이 가장 좋아하는 감은? 색시감

먹고 살기 위해 하는 내기? 모내기

아무리 예뻐도 미녀라고 못 하는 이 사람은? 미남

사람이 일생 동안 가장 많이 하는 소리는? 숨소리

가장 알찬 사업은? 알(계란) 장사

눈이 녹으면 뭐가 될까? 눈물

가장 더러운 강은? 요강

귀는 귀인데 못 듣는 귀는? 뼈다귀

말은 말인데 타지 못하는 말은? 거짓말

사람이 먹을 수 있는 제비는? 수제비

세상에서 제일 큰 코는? 멕시코

수학을 한 글자로 줄이면? 쏵

세상에서 가장 빠른 닭은? 후다닥

세상에서 가장 야한 닭은? 홀닥

가슴의 무게는? 4근(두근두근)

간장은 간장인데 사람이 먹을 수 없는 것은? 애간장

감은 감인데 먹지 못하는 감은? 영감, 옷감, 대감

병아리가 제일 잘 먹는 약은? 삐약

개 중에 가장 아름다운 개는? 무지개

걱정이 많은 사람이 오르는 산은? 태산

공 중에서 사람들이 가장 좋아하는 공은? 성공

다리 중 아무도 보지 못한 다리는? 헛다리

누구나 즐겁게 웃으며 읽는 글은? 싱글벙글

눈은 눈인데 보지 못하는 눈은? 티눈, 쌀눈

다 자랐는데도 계속 자라라고 하는 것은? 자라

닭은 닭인데 먹지 못하는 닭은? 까닭

떡 중에 가장 빨리 먹는 떡은? 헐레벌떡

똥은 똥인데 다른 곳으로 튀는 똥은? 불똥

똥의 성은? 응가

먹고 살기 위하여 누구나 배워야 하는 술은? 기술

목수도 고칠 수 없는 집은? 고집

묵은 묵인데 먹지 못하는 묵은? 침묵

문은 문인데 닫지 못하는 문은? 소문

물고기 중에서 가장 학벌이 좋은 물고기는? 고등어

물은 물인데 사람들이 가장 무서워하는 물은? 괴물

물은 물인데 사람들이 가장 좋아하는 물은? 선물

바가지는 바가지인데 못 쓰는 바가지는? 해골바가지

바닷가에서는 해도 되는 욕은? 해수욕

발이 두 개 달린 소는? 이발소

다 배워도 여전히 배우라는 말을 듣는 사람은? 배우

벌레 중 가장 빠른 벌레는? 바퀴벌레(바퀴가 있어서)

별 중에 가장 슬픈 별은? 이별

사람들이 가장 싫어하는 거리는? 걱정거리

사람이 즐겨 먹는 피는? 커피

진짜 새의 이름은 무엇일까요? 참새

아홉 명의 자식을 세 글자로 줄이면? 아이구

약은 약인데 아껴 먹어야 하는 약은? 절약

낭떠러지 나무에 매달려 있는 사람이 싸는 똥은?
떨어질똥 말똥, 죽을똥 살똥

오줌을 잘 싸는 사람은 오줌싸개, 그러면 빨리 싸는 사람은? 잽싸게

올림픽 경기에서 권투를 잘하는 나라는? 칠레

입방아를 찧어 만든 떡은? 쑥떡쑥떡

장사꾼들이 싫어하는 경기는? 불경기

전쟁 중에 장군이 가장 받고 싶어하는 복은? 항복

창으로 찌르려고 할 때 하는 말은? 창피해!

창피도 모르고 체면도 없는 사람의 나이는? 넉살

책은 책인데 읽을 수 없는 책은? 주책

칼은 칼인데 전혀 들지 않는 칼은? 머리칼

탈 중에 쓰지 못하는 탈은? 배탈

파리 중에 날지 못하는 파리는? 프랑스 파리, 해파리

청소하는 남자를 3자로 줄이면? 청소년

하늘에는 총이 두 개 있고 땅에는 침이 두 개 있다. 무엇인가? 별총총, 어둠침침

해에게 오빠가 있다. 누구인가? 해오라비

해의 성별은 남자인가 여자인가?

여자(오빠가 있으니까)

'코끼리 두 마리가 싸움을 하다가 코가 빠졌다.'를 4자로 하면? 끼리끼리

개미의 집 주소는? 허리도 가늘군 만지면 부러지리

타이타닉의 구명보트에는 몇 명이 탈 수 있을까?
9명(구명보트)

금은 금인데 도둑 고양이에게 가장 어울리는 금은?
야금야금

고기 먹을 때마다 따라오는 개는? 이쑤시개

붉은 길에 동전 하나가 떨어져 있다. 그 동전의 이름은?
홍길동전